A. Collin

Totschöne Ostsee

Küstenkrimi

JAVY«

Personen und Handlung sind frei erfunden.
Eventuelle Ähnlichkeiten mit real existierenden Personen sind rein zufällig und nicht beabsichtigt.
Markennamen, Warenzeichen,
Namen von Personen und Dingen der Zeitgeschichte, falls diese im Buch verwendet werden, sind Eigentum ihrer rechtmäßigen Eigentümer.
Für die Darstellung bzw. Erwähnung gastronomischer, kultureller oder touristischer Einrichtungen haben weder die Autorin noch der Verlag eine Vergütung oder Zuwendungen jeglicher Art erhalten.

Totschöne Ostsee
Erster Fall für Lux und Bähr
Küstenkrimi

ISBN: 978-3-948820-31-2

JAVY«

DAS BUCH

Zuerst erschreckt ein abgetrennter Fuß
die Urlauber auf einem Ausflugsschiff. Kurz darauf wird die
Leiche der dazugehörigen jungen Frau
in einem Koffer an den Ostseestrand gespült.
Wer ist die unbekannte Tote?
In dem beschaulichen Küstenort Laboe kennt jeder jeden,
doch Hauptkommissarin Gesa Bähr
tappt mit ihrem Team im Dunkeln. Warum benimmt sich ihr
alter Schulfreund Hauke Bergen so merkwürdig?
Der neue Oberkommissar, Niklas Lux, hat Hauke gleich
misstraut, aber Gesa hält aus alter Verbundenheit zu ihm.
Plötzlich bekommt der Fall eine unerwartete Wendung ...
Für Gesa geht es jetzt um alles. Ihre achtzehnjährige Tochter
Svenja, die große Ähnlichkeit mit dem Opfer hat,
verschwindet plötzlich.

Im ersten Buch der spannenden Ostsee-Reihe trifft
Hauptkommissarin Gesa Bähr
auf ihren neuen Kollegen, Oberkommissar Niklas Lux.
Er hat sich an die Ostseeküste nach Laboe versetzen lassen
und überrascht mit seinem Verhalten nicht nur
seine Chefin Bähr, genannt die Bärin.
Doch als es darauf ankommt, kann sie auf ihn zählen.

Als Team unschlagbar: Die taffe und temperamentvolle Gesa
Bähr, ein Fels in der Brandung der Verbrechensbekämpfung und
Niklas Lux, der eigensinnige Ermittler mit dem kühlen Verstand.

Jede Menge Spannung und immer eine frische Brise Humor!
Erleben Sie die malerische Ostseeküste
von ihrer aufregendsten Seite!

Jeder Fall der Ostseekommissare Lux und Bähr
ist ein in sich abgeschlossener Roman und
kann einzeln gelesen werden.

Es ist gut
ein Ziel zu haben,
auf das man
zusteuert,
aber am Ende
ist es
die Reise,
die zählt.
(Ernest Hemingway)

INHALT

Montag

1. Kapitel

»So, jetzt schauen wir mal nach, was sich unter uns in der Ostsee befindet.«

Hauke Bergen lässt das trichterförmige Netz an einer Seilwinde ins Wasser hinab.

Gleich wird er für die anwesenden Urlauber auf der MS Sagitta Seesterne, Krebstiere und Muscheln vom Meeresboden hochholen.

Die Zwillinge Ben und Kai lassen ihn nicht aus den Augen und verfolgen akribisch jeden seiner Handgriffe.

Schon nach zehn Minuten Fahrt mit dem Exkursionsschiff hat deren Mutter Silke der neunköpfigen Touristengruppe von der Hochbegabung ihrer Sprösslinge erzählt. Nach dem Sommerurlaub werden sie eingeschult. Vorzeitig.

»Wisst ihr denn, ob Muscheln schwimmen können?«, fragt Hauke die beiden.

Die blondgelockten Jungen verdrehen ihre Kulleraugen und zucken ahnungslos mit den Schultern.

»Na kommt schon«, ermuntert Silke ihre Buben. »Das ist doch eine ganz einfache Frage.«

Hauke Bergens stoppeliges Gesicht versinkt in breitem Schmunzeln. Wenn sich die Dame da mal nicht täuscht, denkt er.

Die Urlaubergruppe verfällt in kollektives Grübeln.

»Besitzen Muscheln nicht einen Fuß, mit dem sie kriechen?«, traut sich ein korpulenter Mittfünfziger einzuwerfen.

Seine jüngere Begleitung, der man die regelmäßigen Joggingläufe ansieht, lacht.

»So wie du, wenn du bei unseren Strandwanderungen nicht hinterherkommst«, flüstert sie ihm ins Ohr.

»Einige Muscheln können schwimmen, indem sie mit ihren Schalen klappern«, sagt ein dünner Mann mit Brille, der als Einziger allein an der Exkursion teilnimmt.

»So ist es«, bestätigt Hauke.

Ein anerkennendes Raunen geht durch die Menge.

»Und wie funktioniert das?«, will Kai wissen.

Hauke schaut auf die Uhr an seinem tätowierten Unterarm.

Zeit, das Netz hochzuziehen.

»Das zeige ich euch gleich«, sagt er. »Nun mal alle beiseitetreten, bitte!«

Silke zieht ihre Zwillinge zu einer Bank an der Reling.

»Von dort kann ich nichts sehen!«, mault Ben.

Sein Bruder Kai stimmt ihm zu.

Die beiden drängeln sich nach vorn.

»Das Schleppnetz, mit dem ich die Seegraswiese am Meeresboden abgesucht habe, nennt man Dredge«, erklärt Hauke und zieht das Netz langsam aus dem Wasser.

»Also ich sehe im Moment nur lauter Gras!«, wundert sich Günther, ein pensionierter Versicherungsangestellter, der mit seiner Frau und der vierjährigen Enkelin an der einstündigen Exkursion teilnimmt. »Und was das für lange Halme sind!«

»Die Wiesen im Meer werden eben nicht so regelmäßig gemäht wie dein Rasen, Günther«, scherzt seine Frau.

»Ih!«, ruft sie und stößt ihm in den Rücken. »Nun rutscht doch mal beiseite, das spritzt ganz schön!«

Hauke schüttet den Inhalt der Dredge gerade in einen weißen Bottich. Algen, Seegras und allerhand Meeresgetier ergießen sich in einem Schwall in den Behälter.

Während seine Ausflugsgäste dicht gedrängt um ihn herumstehen, breitet er die lebenden Kostbarkeiten vorsichtig mit den Händen aus. Ihm ist wichtig, dass alle unversehrt zurück ins Wasser gelangen.

Als Erstes greift Hauke nach einem Seestern.

Die Kinder lieben es, diesen anzufassen und die raue, stachelige Haut zu streicheln.

»Habt ihr eine Ahnung, wo die Augen des Seesterns …« sitzen, will Hauke fragen, aber die restlichen Worte bleiben ihm im Hals stecken.

Mit zittriger Hand legt er das Meerestier zurück in den Bottich.

Seine Augen gleiten dabei über ein Knäuel aus Tang und Seegras. Im ersten Moment hatte er ein Stück Treibholz darunter vermutet.

Aber nun erkennt er es deutlich! Zwischen dem

Gras blitzt etwas verräterisch in grellem Pink.

Hauke erschrickt. Nein! Nicht doch! Ihm wird kurz übel.

Ich darf mir nichts anmerken lassen, denkt er und schaut noch einmal ganz genau hin. Es war ja nicht das erste Mal, dass sich auf der bis zu fünf Meter tiefen Seegraswiese vor dem Falkensteiner Strand Unrat abgelagert hat. Was hat er da nicht schon alles mit seinem Schleppnetz an Bord geholt!

Aber dieses Fundstück passt ganz und gar nicht hierher. Hauke läuft ein eiskalter Schauer den Rücken hinunter.

Ein zierlicher großer Zeh, sorgfältig lackiert, lugt unter dem Seetang hervor und Hauke kann nicht verhindern, dass die neugierigen Zwillinge diesen nun ebenfalls entdecken.

»Wem gehört der?«, fragt Ben ihn. »Einer Puppe?«

Hauke ist sich sicher, dass es nicht so ist. Ihm schlackern die behaarten Beine und er zupft sich nervös an seiner dunkelblauen Shorts.

»Schaut mal hierher!«, lenkt er die Blicke der Kinder an den Rand des Bottichs, »ich glaube, unter dem Tang versteckt sich eine Seenadel.«

»Kennt ihr die?«, fragt er. »Sie ist eine Verwandte des Seepferdchens.«

»Die sind so süüüß!«, ruft ihre Mutter Silke entzückt und beugt sich dicht über den Behälter.

Hauke zieht ein Grasbüschel beiseite.

Ein Fehler, den er zu spät bemerkt.

Weil die Seegrasfäden an dem Zeh haften, kommt nach Haukes missglücktem Ablenkungsmanöver auch noch der dazugehörige Fuß zum Vorschein.

Silkes Schrei lässt die Urlauber erstarren. Entsetzt wenden sie sich ab.

Das war keine Schiffsschraube, denkt Hauke. Der Fuß wurde sauber über dem Knöchel abgetrennt und liegt noch nicht lange im Wasser.

Auf dem Kutterschiff ist es totenstill geworden.

»Es tut mir sehr leid«, sagt er und nimmt sein Handy aus der Hosentasche, »wir müssen die Exkursion abbrechen.«

2. Kapitel

»Muss jemand dringend die Beichte ablegen?«, ruft

der bärtige Busfahrer fröhlich in sein Mikro und zeigt mit dem Finger nach rechts. »Nächste Haltestelle Kirche.«

Oberkommissar Niklas Lux springt von seinem Sitz auf. Er war tatsächlich kurz eingenickt.

Hastig stolpert er zur hinteren Tür. Sein Trekkingrucksack streift haarscharf an den Schultern der anderen Businsassen vorbei. Fast alle fahren bis zur Endstation, zum Hafen.

Der Bus bremst ruckartig und kommt ein paar Meter hinter dem Haltestellenschild zum Stehen.

»Du hast heute wieder einen Schwung drauf, Fiete!«, schimpft eine ältere Dame in der vorderen Reihe. Sie angelt ihren zwischen den Polstern eingeklemmten Krückstock hervor und steht auf.

»Lass dir beim Aussteigen Zeit, Trudchen«, antwortet der Gescholtene ruhig und wickelt sich ein Fischbrötchen aus dem Butterbrotpapier.

»Zeit habe ich nun heute gerade nicht«, erklärt ihm Trude.

»Dann steig bitte vorn aus! Sonst flatterst du mir noch wie eine Seeschwalbe durch den Gang und fällst.«

»Ja, ja.«

Trude Hansen nimmt die Stufe zur Bordsteinkante problemlos. Von wegen hinflattern. Auf ihren Gehstock ist Verlass. Fiete soll lieber nicht so viele Brötchen essen, sonst passt sein Bauch bald nicht mehr hinter das Lenkrad.

Draußen vor der Tür wartet Oberkommissar Niklas Lux und hält Trude zur Sicherheit seinen Arm hin.

Sie strahlt ihn an. »Danke schön!«, sagt sie und schaut zu ihrem 1,90 m großen Helfer hinauf.

Was für ein sympathischer, gutaussehender Mann. Er erinnert sie an ihren Kurt. Gott hab ihn selig. Vor dreißig Jahren war der genauso ein athletisches Mannsbild und seine Augen haben in demselben Blau geleuchtet. So wie der Himmel an diesem schönen, sonnigen Tag.

Trude seufzt und reicht Niklas Lux ihre Hand. Sie muss es einfach tun.

»Trude Hansen«, stellt sie sich vor, »ich wohne gleich ums Eck. Einen erholsamen Urlaub wünsche ich Ihnen. Vielleicht sieht man sich ja mal.«

»Sehr angenehm, Niklas Lux.«

»Bleiben Sie länger?«, fragt Trude neugierig.

Niklas zögert einen Moment.

»Das kommt darauf an«, sagt er leise.

Über ihm kreischen zwei Möwen. Sie zanken sich um ein Stückchen Brot.

Ihr habt wohl auch noch nichts gegessen.

In Niklas' Magen schlagen sich die Luftblasen hörbar um die besten Plätze. Der Speisewagen in dem Frühzug von Berlin nach Kiel war zu seiner Enttäuschung kurzfristig abgekoppelt worden. Na, wenigstens hat es mit dem Umsteigen in den Schnellbus nach Laboe reibungslos geklappt.

Herrlich, diese frische Seeluft.

Willkommen im Leben. Seine Schwester Frieda hat recht.

Wo, wenn nicht an einem solchen Ort, sollte er versuchen, neu anzufangen?

»Vorsicht!«, ruft Trude plötzlich.

Eine Möwe setzt genau über Niklas' Kopf zum Sturzflug an.

Er duckt sich blitzschnell zur Seite.

Klack! Ein dicker Batzen Vogelschiss landet auf seinem nagelneuen Rucksack.

Zwei kleine Mädchen, die an der Bushaltestelle warten, kichern verstohlen.

»Das bringt Glück!«, meint Trude und reicht ihm ein sauberes Taschentuch. Es hat ihrem Mann Kurt gehört.

K. H. steht im Monogramm.

»Vielen Dank, aber das ist doch viel zu schade.«

Trude lächelt.

»Ach, nehmen Sie nur. Für mich ist es vollkommen in Ordnung.«

3. Kapitel

Die Polizeistation des idyllischen Küstenstädtchens liegt nur wenige Minuten Fußweg von der Bushaltestelle an der Ortskirche entfernt.

»Außenstelle der Bezirkskriminalinspektion 1. OG« steht auf dem abgeblätterten Hinweisschild an der taubenblau getünchten Fassade.

Wer weiß, wie lange noch.

Die Leiterin der Dienstgruppe, Hauptkommissarin Gesa Bähr, wird nicht müde zu betonen, dass es nur noch ein oder zwei Jahre sein könnten.

In der Zentrale munkelt man von Verwaltungsreformen und niemand weiß, welche Stationen zusammengelegt oder womöglich sogar geschlossen werden.

Die Kirchenglocken läuten zur halben Stunde.

Kriminalobermeisterin Lisa Rückert öffnet das Fenster und sieht hinaus.

»Der Neue muss jeden Moment eintreffen, wenn der Bus pünktlich ist.«

»Du kannst es wohl kaum erwarten, Lisa«, frotzelt ihr Kollege Stefan Voß.

»Im Gegenteil. Mir grault ein wenig. Ich finde, Hauptkommissarin Bähr kann ihm selbst sagen, dass sie es mit dem Ferienhaus in Kalifornien vermasselt hat«, antwortet Lisa. »Warum soll ich die Überbringerin der schlechten Nachricht sein?«

»Vielleicht hast du Glück und der Kollege sitzt gar nicht im Bus, sondern im Flieger nach Amerika!«

Lisa verschränkt die Arme vor ihrem dunkelgrünen T-Shirt.

»Mensch, Stefan, so blöd wie deine Verflossene ist nun wirklich niemand.«

Hinter dem Kopierer ertönt ein unterdrücktes Lachen.

Der fuchsrote Haarschopf von Polizeianwärter Lasse, der gerade dabei ist, Papier nachzulegen, kommt zum Vorschein.

Er erinnert sich zu gern an diese alte Geschichte: Als Kriminalmeister Stefan Voß seine damalige Internetbekanntschaft nach Kalifornien einladen wollte, verglaubte die Dame, er besitze ein Ferienhaus in den Vereinigten Staaten. Dabei handelt es sich bei dem Ort Kalifornien um ein kleines Seebad, ungefähr fünfzehn Fahrminuten von Laboe entfernt.

Die Namensgleichheit führt öfter zu Irritationen bei den Urlaubern und Tagesgästen. Postkarten mit Grüßen von dort werden deshalb gern verschickt, um die Daheimgebliebenen auf den Arm zu nehmen.

»Was ist denn mit dem Dünenhaus für den neuen Kriminaler passiert?«, fragt Stefan seine Kollegin.

»Der Schwager von der Chefin hat es bereits an Urlauber aus Bayern vermietet. Für drei Wochen!«, erklärt Lisa ihm.

Stefan zuckt mit den Schultern. »Klassischer Fall von Doppelbelegung. Da kann man nichts machen. Wer zuerst da ist, bleibt wohnen.«

»In diesem Fall Bayern!« Lasse lacht. Der Polizeischüler kann mit der Begeisterung für seinen Lieblingsfußballverein schlecht hinterm Berg halten.

»Wo soll der neue Kommissar denn jetzt wohnen?«, will er von Lisa wissen.

»Gute Frage. Wir haben Saison. Freie Häuser findest du da weit und breit keine mehr. Zurzeit ist sogar der letzte Hühnerstall vermietet. Die Chefin hat aber zum Glück ganz in der Nähe der Dienststelle noch ein einzelnes Zimmer für ihn aufgetrieben.«

Lisa hält einen gefalteten Zettel hoch: »Hier steht die Adresse der Unterkunft und eine kleine Entschuldigung drauf.«

Stefan liest sich das Schreiben durch.

»Dass die Hauptkommissarin ausgerechnet heute einen freien Tag nimmt …«, murmelt er.

»Es ließ sich nicht verhindern«, erklärt Lisa. »Dringende Familienangelegenheit. Übrigens finde ich es nicht gut, dass du Kommissar Lux gegenüber so negativ eingestellt bist. Du kennst ihn doch gar nicht. Er soll ein sehr erfolgreicher Privatdetektiv und als Kriminalkommissar Sonderermittler des BKA gewesen sein.«

Kriminalmeister Voß verzieht den Mund und rollt mit seinen braunen Augen.

»Ja, was denn nun, privat oder BKA?«

»Ach, was weiß ich denn! Die Bähr hat sich bedeckt gehalten. Anscheinend beides. Jedenfalls ist er jetzt wieder offiziell im Dienst und inzwischen sogar Oberkommissar.«

»Und dann verschlägt es den Superermittler ausgerechnet zu uns?«

»Das hat wohl private Gründe.«

»Klar, das sagen sie immer, wenn einer versetzt wird.«

»In seinem Fall glaube ich es aber, denn unser Hajo wollte ja zu seiner Urlaubsliebe nach Wiesbaden umziehen.«

»Stimmt. Du meinst, im Austausch für ihn haben die uns vom BKA den Oberkommissar Lux geschickt.«

»Die Bähr hat so etwas angedeutet. Hajo hätte ein Riesenglück gehabt, dass es mit der gewünschten Versetzung so schnell geklappt hat.«

»Ich gönne es ihm, aber wir müssen es nun ausbaden.«

Stefan hadert immer noch mit der Entscheidung

des ehemaligen Kollegen.

Hajo ist in seinem Alter, achtundzwanzig, und sie haben den größten Teil ihrer knappen Freizeit miteinander verbracht.

Der Neue soll schon über vierzig sein und angeblich spezielle Ermittlungsmethoden haben. Stefan hatte da so einige Gerüchte gehört.

Lisa stößt ihn an.

»Grüble nicht so viel!«, sagt sie. »Immer erstmal draufzukommen lassen!«

Stefan nickt. Insgeheim bewundert er die unbekümmerte und aufgeschlossene Art seiner Kollegin. Für die zweiunddreißigjährige Lisa, deren blonder Pferdeschwanz beim Laufen immer so fröhlich wippt, ist das Glas stets halbvoll statt halbleer. Egal, wie schwierig die Situation ist.

»Du hast ja recht«, sagt er.

Sein Telefon klingelt.

»Kriminalmeister Voß, Außenstelle Laboe«, meldet sich Stefan sofort.

»Ach! Was?«, ruft er. »Bist du sicher, Hauke? Ein menschlicher Fuß?«

Lisa kneift ihre blauen Augen zusammen und zeigt

gestikulierend auf das Telefon.

»Moment, Hauke!« Stefan schaltet den Lautsprecher ein.

»So, nun berichte noch einmal in Ruhe zum Mitschreiben.«

4. Kapitel

Hauptkommissarin Gesa Bähr hat sich die Decke bis über ihre mit Sommersprossen übersäte Stupsnase gezogen. Sie blinzelt und lässt die Augen durch das abgedunkelte Hotelzimmer wandern. Ihre Arme sind schwer wie Blei.

Vorsichtig legt sie einen nach dem anderen auf die Bettdecke.

Gehören die wirklich zu mir?

Ihr Blick fällt nach rechts auf den grauen Teppichboden mit dem gelben Kästchenmuster, das aussieht wie eine Fahrbahnmarkierung.

Dort liegen in einem gehörigen Abstand voneinander ihre Pumps und dazwischen das rückenfreie Kleid, das sie in der Bar getragen hat.

Gesa dreht sich ruckartig nach links.

Zu schnell. *Aua! Mein Schädel!*

Sie tastet nach dem zerwühlten Kissen neben sich.

Wo ist der Typ?

Oder besser: *Wer ist der Typ?*

Sie setzt sich aufrecht hin und überlegt. Dabei versucht sie, wie früher, mit ihren kastanienbraunen Locken zu spielen.

Aber ihre langen Haare sind inzwischen ab.

Sie kann sich einfach nicht an ihre Kurzhaarfrisur gewöhnen.

Dabei hat sich Gesa schon vor zwei Jahren von ihrer Haarpracht getrennt, genauso wie von Heiner. Endgültig. Schöne Männer hat man nie allein. Sie hätte auf ihre Großmutter hören sollen.

Gesa steht auf und zieht die dunkelbraunen Fenstervorhänge beiseite.

Auf dem nierenförmigen Tisch davor entdeckt sie zwei leere Flaschen mit goldenem Etikett und zwei Gläser.

Seit wann trinke ich Champagner?

Viel zu teuer und von sprudeligen Getränken bekommt sie doch immer Sodbrennen.

Ach, und hier liegt noch ein Zettel!

Hübsche Handschrift, im Gegensatz zu ihrer eigenen. Sie stammt aus einer Apothekerfamilie – da liegt das in den Genen. Gesa denkt schmerzvoll an ihre leider viel zu früh bei einem Unfall ums Leben gekommenen Eltern.

Gespannt liest sie die schwungvoll geschriebenen Zeilen: »Liebe Gesa, danke für die wundervolle Nacht. Ich habe dich nicht wecken wollen. Bin schon zum Frühstück vorgegangen. Wir sehen uns sicher gleich. N.«

Du liebe Zeit, wie spät ist es?

Gesa schaut auf die Uhr des Zimmerfernsehers. Wenn sie auf das Frühstück verzichtet, schafft sie es noch pünktlich zum nächsten Kursbeginn.

Sie läuft ins Badezimmer.

Man könnte auch Nasszelle dazu sagen.

Mensch, da hat unser Campingplatz ja mehr Komfort im Waschgebäude.

Na, egal, denkt sie, während das Wasser über ihren gebräunten Körper läuft. Dem geschenkten Gaul schaut man nicht ins Maul.

Ihre zwei Jahre ältere Schwester Hilde und deren Mann Gerd hatten ihr zum 50. Geburtstag ein Meditationstraining einschließlich der dazugehörigen Hotelübernachtung geschenkt.

Sie würde dort Möglichkeiten erfahren, um ihre Widerstandsfähigkeit zu verbessern. Resilienz heißt das neue Modewort. Damit würde es ihr angeblich gelingen, sogar aus einer Krise gestärkt hervorzugehen.

Zuerst war Gesa von dem Geschenk wenig begeistert, doch sie muss zugeben, dass ihr der gestrige Tag gefallen hat.

Aber wer ist N.?

Wahrscheinlich einer der Kursteilnehmer, wie sich unschwer aus dem Inhalt des Briefes ableiten lässt. Dafür benötigt sie wirklich kein besonderes kriminalistisches Gespür.

Hauptkommissarin Bähr hüpft aus der Dusche.

Nur noch schnell die Zähne putzen und dann rein in ihre Jeans und die helle Bluse. Zum Glück gibt's während des Seminars frischen Kaffee.

Gesa läuft mit dem Föhn durch das Hotelzimmer.

Die Steckdose in dem Minibad streikt.

Neben der Stehlampe in der Zimmerecke wird sie fündig. In der Verteilerdose ist noch ein Platz in der Reihe frei. Daneben hängt ihr Handy am Ladekabel. Ein Wunder, dass sie heute Nacht daran gedacht hat, es aufzuladen.

Oder hat sie es gar nicht mit an die Bar genommen?

Verdammter Filmriss.

Die Cocktails des Hotels sollen legendär sein. Wie viele hat sie davon bloß getrunken und dann noch Champagner … Gesa hält sich den schmerzenden Kopf.

Auf der Anzeige ihres Mobiltelefons entdeckt sie zwei entgangene Anrufe.

Einer ist von ihrem Schwager Gerd.

Der soll sie bloß in Ruhe lassen. Die Sache mit dem doppelt vermieteten Haus ist leider nicht mehr zu ändern. Egal, wie oft er sich entschuldigt.

Abgehakt.

Der zweite Anruf erfolgte aus der Dienststelle.

Kriminalbeamtin Lisa Rückert hat ihr eine Nachricht auf die Mobilbox gesprochen. Lisa würde das an den freien Tagen ihrer Hauptkommissarin normalerweise nicht tun.

Außer, wenn etwas Schlimmes passiert ist.

5. Kapitel

»Hoppla«, ruft Niklas Lux, als die Flügeltür der Polizeidienststelle auffliegt und ihm gegen die Hand schlägt. Um ein Haar wäre er den Treppenabsatz rückwärts hinuntergefallen. Trotz des schweren Rucksacks auf seinem Rücken rettet er sich mit einem Sprung in die Blumenrabatten.

»Oh, Verzeihung! Wir sind sehr in Eile.« Lisa Rückert hebt entschuldigend die Hände.

»Das habe ich gemerkt«, sagt Niklas und reibt sich die schmerzenden Fingerknöchel, aber er lächelt.

»Ein dringender Einsatz«, erklärt ihm Kollege Stefan Voß nüchtern.

»Falls Sie zu uns wollen, wenden Sie sich an die Beamten der Schutzpolizei im Erdgeschoss. Die Kripo ist gerade nicht besetzt.«

Der Polizeischüler Lasse darf allein noch keine Besucher empfangen.

Niklas streckt Stefan seine Hand hin.

Er überragt den untersetzten, kräftigen Kriminalmeister Voß um eineinhalb Kopflängen. Obwohl der zwei Treppenstufen höher steht, befinden sie sich genau auf Augenhöhe.

»Kriminaloberkommissar Niklas Lux«, stellt er sich vor.

Lisas blasses Gesicht wird vor Schreck noch etwas blasser.

An den neuen Kommissar hat sie gar nicht mehr gedacht.

»Einen Moment, bitte.«

Sie flitzt zurück in den zweiten Stock. Bei den Landesmeisterschaften der Polizei wurde die sportliche Lisa noch nie im Sprint bezwungen. Ehe sich's die verdutzten Männer versehen, ist Lisa zu ihnen auf den Treppenabsatz zurückgekehrt.

»Herzlich willkommen, Kollege!«, sagt sie und übergibt Niklas den Zettel mit der Adresse seiner Unterkunft und dem Dreizeiler ihrer Chefin.

Dabei zeigt sie ihr entwaffnendes Lächeln, mit dem sie sonst den Puls aufgebrachter Urlauber, die Opfer von Kleinkriminellen geworden waren, beruhigt.

Oberkommissar Lux liest den kurzen Brief und runzelt die Stirn.

Lisa schaut betreten zu Boden.

Stefan kommt ihr zu Hilfe.

»Sie können erst einmal in Ruhe ihr Zimmer beziehen und auspacken«, wendet er sich an Niklas. »Die Wirtin nimmt sie vor Ort in Empfang. Das Haus steht gleich um die Ecke, Richtung Jachthafen.«

»Wir begleiten Sie auch noch ein Stück«, meint Lisa freundlich.

Stefan stößt sie unauffällig an.

»Eigentlich müssten wir längst losrennen«, widerspricht er ihr. »Hauke wartet doch schon auf uns. Die Gaffer mit ihren Handys wird er allein nicht los.«

Oberkommissar Lux versucht, sich zu sortieren.

»Ich möchte nicht unhöflich sein, aber sollte ich nicht ein Haus in den Dünen im Nachbarort Kalifornien beziehen?«

Lisa wird rot.

Sie zieht ihren Kollegen am Ärmel.

»Stefan, du hast recht. Wir müssen loslaufen.«

Das lässt der sich nicht zweimal sagen.

»Entschuldigen Sie, Kollege Lux, dass wir Ihnen in

dem Punkt nicht weiterhelfen können. Hauptkommissarin Bähr ist morgen wieder im Hause und wird Ihnen bestimmt alles erklären.«

Doch Niklas lässt sich nicht so leicht abschütteln.

»Ich bin ja ab heute im Dienst und würde Sie gern begleiten.«

»Ja, warum eigentlich nicht?«, meint Lisa, bevor Stefan sich eine Ausrede überlegen kann.

Trotz seines Gepäcks auf dem Rücken folgt Niklas den beiden mühelos. Kondition hat er, denkt Stefan neidisch. Mit seinen langen Beinen geht der auch nur einen Schritt, wenn ich zwei mache.

»Wenn Ihre Vorgesetzte heute frei hat«, begründet Niklas seinen spontanen Einsatz, »ist es gut, wenn jemand dabei ist, der sofort weiterreichende Entscheidungen treffen darf. Was ist denn überhaupt passiert?«

Kriminalmeister Voß atmet hörbar aus.

Vielen Dank! Der Neue ist keine fünf Minuten hier und lässt schon den gehobenen Dienst heraushängen. Stefans Ärger auf seinen Freund Hajo kocht wieder hoch. Warum hat der sich nur wegen einer Frau versetzen lassen? Hajo ist zwar schon früh zum Kriminaloberkommissar befördert worden, aber er ist trotzdem ein Kumpel geblieben. Im Gegensatz zu dem feinen Pinkel vom BKA.

Niklas Lux bemerkt die Verstimmung des Kollegen nicht.

Er hat sich der aufgeschlossenen Lisa zugewandt und lässt sich von ihr in das Geschehen einweihen.

6. Kapitel

Am Hafen ist der Teufel los.

Vor dem Steg zum Liegeplatz der MS Sagitta hat sich eine diskutierende Menschentraube aus Urlaubern und Einheimischen gebildet.

»Habe ich es nicht vorausgesagt?«, schimpft Stefan. »Wir hätten längst hier sein müssen. Jetzt haben wir den Salat.«

Niklas Lux steckt den verbalen Seitenhieb des Kollegen ohne mit der Wimper zu zucken ein.

»Bitte machen Sie Platz!«, fordert er laut und drängelt sich mit seinem Trekkingrucksack durch die Wartenden. Er hebt das rot-weiße Flatterband an und begibt sich, ohne lange zu fragen, hinter die Absperrung.

Frank Lürsen, ein Beamter der Wasserschutzpolizei, wundert sich.

»Der ist doch mit euch gemeinsam gekommen. Was will der hier?«, fragt er den Kriminalmeister Voß.

»Das ist unser Neuer, der Ersatz für Hajo«, stöhnt Stefan Voß und fügt leise hinzu: »Wenn es dafür überhaupt jemanden gibt.«

»Die MS Sagitta liegt nicht mehr an ihrem Platz!«, ruft Lisa erstaunt.

Stefan reibt sich die Augen.

Die Sonne blendet ihn. In der Aufregung hat er seine Brille im Büro liegen lassen.

»Tatsächlich! Der Kutter ist verschwunden. Wo bleibt Hauke denn nur?«

»Der ist mit seinem Schiff schon wieder auf dem Wasser«, klärt Lürsen seine Kollegen auf.

»Er sollte doch warten, bis wir da sind. Warum hast du ihn nicht zurückgehalten, Frank?«

»Tja, eure Chefin war schneller.«

»Was!? Die Bähr ist hier?«

»Sie hätte uns wenigstens anrufen können.«

Frank Lürsen schiebt sich verlegen die Uniformmütze hoch und presst die Lippen zusammen.

»Das hatte sie mir aufgetragen. Aber ich war mit der gaffenden Meute beschäftigt. Ich habe es einmal kurz versucht, aber zu dem Zeitpunkt hatte niemand bei euch abgenommen.«

»Lasse!«, ruft Stefan erbost.

»Tut mir leid«, entschuldigt sich Frank Lürsen. »Die nächste Runde Kurze geht auf mich. Ihr müsst jetzt leider wieder zurück zur Polizeistation. Hauptkommissarin Bähr kommt später nach, soll ich euch ausrichten.«

»Moment«, unterbricht Oberkommissar Lux das Gespräch. »Wo befindet sich der Mädchenfuß?«

»Das Fundstück liegt in einer Kühlbox auf unserem Boot, wir bringen die Kiste nachher in die Rechtsmedizin nach Kiel.«

»Ich möchte den Fuß bitte vorher einmal ansehen«, bittet Niklas.

»Darf er das?«, flüstert Polizist Lürsen und schaut hilfesuchend auf Lisa.

»Selbstverständlich. Oberkommissar Lux ist im Dienst.«

»Vielen Dank.« Niklas Lux nimmt seinen Rucksack von der Schulter.

»Wo kann ich den kurz lassen?«

»Wir könnten ihn doch mit zurück in die Dienststelle nehmen«, schlägt die hilfsbereite Lisa vor.

Stefan reißt entsetzt die Augen auf.

Das fehlte noch, dass wir dem Herrn sein Gepäck vorantragen!

Als der Neue sich entschlossen hat, uns zum Hafen zu begleiten, statt sein Zimmer zu beziehen, hätte er seinen Rucksack doch in der Dienststelle lassen können.

»Nein, nein! Das ist nun wirklich nicht nötig«, widerspricht Niklas. »Ich lasse mein Gepäck so lange auf dem Boot des Kollegen der Wasserschutzpolizei. Natürlich nur, wenn es für Sie in Ordnung ist.«

Frank Lürsen nickt.

»Wie Sie möchten, Herr Oberkommissar. Ich habe sowieso das Gefühl, heute mit einem Fahrgastschiff unterwegs zu sein statt mit einem Polizeiboot.«

Niklas Lux lacht. »Ach, da nehmen Sie mir das Wort aus dem Munde«, sagt er.

»Bringen Sie mich doch bitte zur Hauptkommissarin Bähr auf die MS Sagitta! Ich finde, bei der Arbeit lernt man sich immer am besten kennen.«

Stefan Voß schüttelt hinter dem Rücken von Niklas mit dem Kopf.

»Wir werden wohl jetzt nicht mehr gebraucht«, meint er zerknirscht.

»Komm, Lisa, bevor unser Polizeischüler Lasse im Büro wieder alles umsortiert und ich nichts mehr wiederfinde.«

»Bis später, Kollegen!«, ruft Niklas den beiden hinterher.

Dann läuft er schnurstracks zu dem Steg, an dem das Motorboot der Wasserschutzpolizei seinen Liegeplatz hat.

Dort wartet bereits ein Kollege von Frank Lürsen.

»Ist das die Box mit dem Leichenteil?«, fragt Niklas ihn und zeigt auf eine hellblaue, herkömmliche Kühlbox von der Größe einer Aktentasche. Sie steht von der Sonne geschützt im Führerhaus des kleinen Einsatzbootes auf dem Boden.

»Ja, das ist die Box, die uns Hauke herübergereicht hat. Wir bringen die gleich nach Kiel. Die Hauptkommissarin will mit in die Rechtsmedizin und sich dort ein Bild von dem Leichenteil machen. Deshalb warten wir noch. Sie und Hauke Bergen suchen die Fundstelle im Wasser mit dem Schleppnetz ab.«

»Wären ein paar Taucher nicht sinnvoller?«

»Das habe ich der Kollegin Bähr auch vorgeschlagen, aber sie meinte, das dauert zu lange, ehe die hier sind.«

»Na, ich rede gleich noch einmal mit ihr darüber«, meint Niklas.

Frank Lürsen schaltet sich in das Gespräch ein. Er runzelt die Stirn.

»Das können Sie gern versuchen. Aber ich warne Sie. Unsere Hauptkommissarin hat so ihren Sturkopf. Die ist von hier, ein Küstenkind. Sie ist unser Fels in der Brandung der Verbrechensbekämpfung und mit allen Wassern gewaschen, wie man so schön sagt. Was die nicht will, das tut sie auch nicht.«

Kommissar Lux gibt sich unbeeindruckt.

»Ich werde die Box jetzt kurz öffnen«, sagt er, während Lürsen die Leinen losmacht. Es kann nicht schaden, einen Blick darauf zu werfen. Wer weiß, ob ihn die neue Chefin nachher mit in die Pathologie nimmt.

Frank Lürsen schaut bedrückt zu Niklas herüber.

»Soll ein Mädchenfuß sein«, berichtet er. »Ist mir noch nie untergekommen. Sonst ziehen wir die jungen

Frauen immer vollständig aus dem Wasser. Wenn sie nach einer Partynacht ihre Schwimmkünste überschätzt und unsere Strömung unterschätzt haben. Es ist ein Jammer.«

Niklas nickt. Er weiß, wovon der Kollege spricht. Die tödlichen Badeunfälle sind wirklich tragisch. Bei dem abgetrennten Fuß vermutet der Oberkommissar eher ein Gewaltverbrechen.

Vorsichtig öffnete er den Verschluss an der Kühlbox.

»Was ist denn das?«, ruft er so laut, dass Frank Lürsen vor Schreck das Tauende aus der Hand fällt.

Niklas zeigt auf den Inhalt der Box.

»Sehen Sie selbst!«

Lürsen blickt neugierig hinein.

Die Kühlbox enthält ein paar sorgfältig marinierte Scheiben Grillfleisch.

»Du lieber Himmel! Das gibt's doch nicht!«, schreit er.

Niklas knallt den Deckel wieder drauf.

»Schnell! Fahren Sie los! Das soll uns Hauke Bergen sofort erklären.«

»Für den lege ich meine Hand ins Feuer. Wahrscheinlich hat er die Behälter aus Versehen vertauscht.«

Niklas beruhigte sich ein wenig.

»Ja, Sie haben recht. Das scheint am plausibelsten. Dann werden wir die richtige Kühlbox sicherlich gleich auf seinem Forschungskutter wiederfinden.«

7. Kapitel

Svenja Bähr läuft nackt durch das Wohnzimmer mit der breiten Fensterfront. Zum Glück ist das Grundstück hinter den Dünen von draußen nicht einsehbar.

»Geile Hütte«, ruft ihr neuer Freund Christian von der sonnengelben Couchlandschaft und gähnt.

»Wie ist denn deine Mutter an dieses Schmuckstück geraten?«

»Familienbesitz. Bevor sie mit dem Auto verunglückt sind, haben meine Großeltern hier gewohnt.«

»Das heißt, sie leben nicht mehr?«

»Ja, leider. Ich kenne die beiden nur von Fotos, dabei habe ich mir immer so sehr eine Oma und einen Opa gewünscht.«

Svenja zeigt auf ein gerahmtes Foto neben dem Kamin.

»Das sind sie, Sieglinde und Helmut Bähr vor ihrer Apotheke.«

Christian schaut flüchtig auf das Bild.

Gerade hat er nur Augen für die hübsche Achtzehnjährige.

Svenjas Familiengeschichte interessiert ihn nicht sonderlich. Bisher wollte sie auch nicht viel darüber reden. Ihren Vater kennt sie nicht und auf den letzten Lebensgefährten ihrer Mutter ist sie nicht gut zu sprechen. Der soll ein an der gesamten Küste bekannter Casanova gewesen sein.

Seit zwei Jahren wohnt Svenja, die erst vor Kurzem ihr Abitur bestanden hat, nun allein mit ihrer Mutter in dem schönen reetgedeckten Haus.

»Komm doch wieder her zu mir«, lockt Christian sie und schlägt die Wolldecke beiseite. »Deine Mutter ist doch erst heute Abend zurück.«

Svenja nähert sich ihm mit schwingenden Hüften. Ihre haselnussbraunen Locken kringeln sich verführerisch über dem festen Busen des Mädchens.

»Weißt du eigentlich, wie spät es ist?«, fragt sie.

»Vierzehn Uhr, also noch früh am Morgen.«

»Für dich vielleicht. Du bist Student.«

Svenja lacht. Strahlend weiße Zähne blitzen in ihrem gebräunten Gesicht.

»Ich muss arbeiten. Meine Schicht in der Strandperle beginnt in zwei Stunden.«

»Na, also, da haben wir noch so viel Zeit.«

»Ich möchte jetzt erst einmal duschen und Kaffee trinken.«

Svenja flitzt an Christian vorbei ins Badezimmer.

»Bäh! Wie eklig«, schreit sie. »Räum das bitte sofort weg!«

Sie schlägt die Hände vors Gesicht.

»Mama flippt aus, wenn auch nur ein Tropfen Blut in den Bodenfugen hängenbleibt. Sie hat die Designerfliesen erst im letzten Jahr neu verlegen lassen.«

Christian, der Svenja gefolgt ist, lehnt sich lässig in den Türrahmen.

»Keine Sorge, mein kleiner Angsthase. Sieh mal genauer hin! Ich hab eine hauchdünne Folie auf dem Boden ausgelegt.«

Ein sinnliches Lächeln umspielt seine vollen Lippen.

»Bei Exkursionen habe ich immer eine Rolle davon bei mir.«

Svenja bückt sich. Tatsächlich, die Fliesen sind gut geschützt. Sie ist erleichtert.

Ihr Freund nutzt die Gunst der Stunde und presst sich mit sanftem Druck von hinten an sie.

Sofort schlüpft Svenja unter ihm hervor.

»Das ist jetzt nicht dein Ernst!«, schimpft sie. »Meinst du, ich habe Lust auf Sex zwischen all deinen sezierten Fischen? Du hättest wenigstens das blutige Messer abspülen können. «

»Tut mir leid. Ich war gestern schon so heiß auf dich und hab alles liegen gelassen. Die blöde Exkursion hatte bereits länger gedauert … Ich muss gleich noch ein paar Fotos für meine Dokumentation machen.«

Svenja schüttelt sich vor Ekel.

»Also, ich dachte, Meeresbiologie studieren nur Ökos, die Tiere retten wollen. Stattdessen schlitzt ihr selbst welche auf. Igitt!«

Sie will das Messer vom Boden aufheben, doch Christian kommt ihr zuvor.

»Lass mich das lieber machen! Dieses Seziermesser habe ich von meinem Onkel, der ist Chirurg. Es ist ein echtes Amputationsmesser und verdammt scharf«, sagt er und seine hellen Augen leuchten. »Aber kein Vergleich mit dir, natürlich. Du bist das Schärfste, das ich überhaupt kenne.«

»Also, da habe ich schon schönere Komplimente gehört«, erwidert Svenja ein wenig schnippisch.

Sie ist erst seit drei Wochen mit dem Studenten aus Kiel liiert. Svenja hat Christian in Laboe am Strand kennengelernt, als er Muscheln gesucht hat, und ihn angesprochen. *Oder er sie?*

Ein wenig anders als ihre vorherigen Freunde ist er schon. Irgendwie ernsthafter und erfahrener sowieso.

Aber er ist auch vier Jahre älter!

Wenn Svenja da an die Jungs aus ihrer Abiklasse zurückdenkt – von denen hatten doch einige die Pubertät noch vor sich.

Christian hat seine Utensilien inzwischen in einer grauen Plastikbox verstaut und sich gründlich die Hände gewaschen.

»Wolltest du die Einzelteile nicht noch fotografieren?«, erinnert ihn Svenja.

»Ach, hier im Bad ist mir das Licht zu schlecht. Ich schnorre die Bilder morgen von einem Kommilitonen, der mir noch einen Gefallen schuldet. Ein bisschen Photoshop und schon sehen meine ein wenig anders aus.«

Christian dreht die Wasserhähne an der freistehenden Wanne auf.

»Wie wäre es mit einem gemeinsamen Bad?«, flüstert er Svenja ins Ohr und berührt sie vorsichtig an der Stelle, von der er weiß, dass sie ihm nicht mehr widerstehen wird.

8. Kapitel

»MS Sagitta!«, ruft Frank Lürsen durch sein Megafon. »Hier ist Besuch für euch!«

Das Motorboot der Wasserschutzpolizei fährt dicht an den Forschungskutter heran.

»Machen Sie mal die Leinen fest«, ruft Hauke mürrisch und wirft Niklas Lux ein Tau zu.

Hauptkommissarin Bähr hebt die Hand, um sich vor der grellen Sonne zu schützen.

Das ist doch? Ach, du liebe Güte, der Neue!

Sie hatte bereits ein Foto von dem neuen Oberkommissar in dessen Personalakte gesehen und ihn sofort wiedererkannt. Das markante Gesicht, die vollen dunkelblonden Haare und ein paar blaue Augen, die erwartungsvoll zu ihr herüberschauen.

Was will er nur? Hat er denn nicht bis morgen abwarten können?

Sie hasst übereifrige Beamte.

Am Ende des Tages haben die immer nur viel Staub aufgewirbelt und waren auch nicht erfolgreicher mit den Ermittlungen als sie.

Niklas Lux klettert die schmale Leiter an der MS Sagitta hoch.

Gesa Bähr reicht ihm ihre nasse Hand.

»Willkommen an Bord!«, sagt sie freundlich. »Sie haben ja ein Tempo drauf! Ihr Bus dürfte doch erst vor einer Stunde angekommen sein.«

»Stimmt, der war pünktlich«, erwidert Niklas. »Guten Tag, Frau Hauptkommissarin!«

»Haben Sie denn Ihre Unterkunft schon bezogen?«, fragt Gesa. Im selben Moment hätte sie sich am liebsten auf die Zunge gebissen.

Die Doppelbelegung!

Doch Niklas wiegelt ab.

»Noch nicht. Dazu möchte ich Sie später gern etwas fragen. Aber das hat Zeit. Viel brennender interessiert mich, wo sich der abgetrennte Fuß befindet.«

Gesa baut sich in voller Größe vor dem Neuen auf und klatscht sich vor Entrüstung auf die gummierte Latzhose, die Hauke ihr geliehen hat.

»Wo soll der wohl sein? Natürlich da, wo er vorübergehend hingehört. Er liegt in einer Kühlbox. Wenn ich hier fertig bin, nehme ich ihn mit nach Kiel in die Rechtsmedizin.«

»Und wo steht die Kühlbox?«

Hauptkommissarin Bähr verdreht genervt ihre grünen Augen. Ihr Gesicht ist ein offenes Buch, was ihre Emotionen anbelangt.

Im Gegensatz zu ihrem neuen Partner, Oberkommissar Lux. Dessen Gemütszustand ist äußerst selten sofort ersichtlich. Er steht Gesa beherrscht gegenüber, während sie zum Polizeiboot hinüberruft: »Frank! Würdest du Oberkommissar Lux bitte den Kühlbehälter holen!«

Doch Niklas zeigt auf einmal kein Interesse mehr, geht einfach wortlos an ihr vorbei. Er hat bemerkt, dass Hauke Bergen ihn die ganze Zeit beobachtet und dabei so tut, als ob er mit der Bedienung der Seilwinde beschäftigt ist.

»Das Schleppnetz können Sie unten lassen, Herr Bergen«, sagt er.

Hauptkommissarin Bähr glaubt ihren Ohren nicht zu trauen.

Seit wann gibt der hier die Kommandos?

Über ihrer Stupsnase zeigen sich drei Zornesfalten.

»Such ruhig weiter, Hauke.«

Der Kutterführer zuckt fragend mit den Schultern.

Wer hat denn jetzt das Sagen?

Niklas tritt dicht an Hauke heran. Er spürt, dass der verunsichert ist und er jetzt nicht lockerlassen darf.

Hauke zittert.

Es war heute einfach alles zu viel für ihn.

»Bitte zeigen Sie mir Ihre blaue Kühlbox«, fordert Niklas ihn freundlich auf.

»Wieso? Die habe ich der Wasserschutzpolizei übergeben. Ich war froh, das schreckliche Fundstück los zu sein.«

»Besitzen Sie eine weitere dieser Kühlboxen?«

»Nein, nur die eine.«

Nun platzt Hauptkommissarin Bähr der Kragen. Sie bittet Niklas Lux zu sich an die Reling.

»Was soll die Fragerei? Das weiß ich längst«, zischt sie ihm zu. »Oberkommissar Lux, Sie sind zwar früher im Einsatz, als ich erwartet habe, aber zu spät in Ihrem Handeln. Stören Sie mich bitte nicht bei meiner Arbeit.«

Dann wendet sie sich an Hauke.

»Es geht weiter. Hol jetzt bitte die Dredge wieder hoch! Wir haben nur noch ein paar Quadratmeter von der Fundstelle übrig. Stimmts?«

Hauke Bergen nickt. Seine Augen flackern ängstlich.

Was hat er denn?

Gesa kennt Hauke seit ihrer Grundschulzeit, er lernte zwei Klassen über ihr.

»Habt ihr die Box gefunden?«, ruft Frank Lürsen mit dem Megafon vom Polizeiboot herüber.

Jetzt stellt der Nächste komische Fragen.

»Kann mir mal irgendjemand verraten, was hier los ist?«, schreit Gesa gegen den Wind zurück.

»Der abgetrennte Mädchenfuß liegt gar nicht in dem besagten Behälter«, klärt Niklas sie endlich auf.

»Sondern wo?«

»Polizeimeister Lürsen und ich haben gehofft, dass es eine Verwechslung mit den Kühlboxen gab und sich der Fuß noch auf der MS Sagitta befindet.«

»Warum haben Sie mir das denn nicht gleich gesagt?«

»Entschuldigen Sie, ich wollte im Beisein des Verdächtigen Hauke Bergen nicht darüber sprechen.«

»Wieso verdächtig? Macht man das beim BKA so? Einmal kurz gesehen und schwups, ist er verdächtig.«

Gesas Kopf ist hochrot angelaufen vor Wut. Sie fühlt sich bloßgestellt.

Der neue Kommissar hätte sie unter irgendeinem Vorwand beiseitenehmen können. Angeblich verfügt er doch über sehr kreative Ermittlungsmethoden.

Pah! Davon ist nichts zu merken. Wie die Axt im Walde tritt er auf. Gesa ist stinksauer, auch auf Frank Lürsen.

»Frank!«, schreit sie zu seinem Boot hinüber. »Was soll dieses Theater? Dass du da mitmachst!«

An Niklas gewandt, sagt sie in eisigem Ton: »Bei uns an der Küste drückt man sich klar und ehrlich aus. Vor allem unter Kollegen. Merken Sie sich das bitte.«

Dann geht sie auf den zitternden Hauke zu und legt ihm den Arm um die Hüfte.

»So, nun erzählt mir mal, was hier gespielt wird.«

Hauke schüttelt den Kopf. Er ist den Tränen nah.

»Woher soll ich das wissen? Ich habe den Fuß in meine Kühlbox getan und sie Frank Lürsen in sein Polizeiboot gereicht. Sofort als er mit dir aus Kiel angefahren kam.«

Aha, denkt Niklas, daher war die Hauptkommissarin so schnell am Fundort.

Er nickt Gesa zu. »Frank Lürsen bestätigte mir den Vorgang«, sagt er zu ihr. »Aber die Kühlbox, die der Polizist Lürsen von Hauke Bergen bekommen hat, enthält nur ganz normales, frisches Grillfleisch. Ich habe gerade nachgesehen.«

»Das ist in der Tat ein Ding!«, staunt Hauptkommissarin Bähr.

Sie hat sofort eine Vermutung.

»Vielleicht hat einer der Ausflugsgäste die Box vertauscht«, sagt sie. »Versuch, dich zu erinnern, Hauke! Zum Glück haben die Kollegen der Wasserschutzpolizei von allen die Personalien aufgenommen.«

»Von denen hatte aber keiner eine blaue Kühlbox

dabei. Das wäre mir aufgefallen«, entgegnet Hauke. »Außerdem habe ich niemanden an meine Box herangelassen. Ich wollte alles richtig machen, und am Ende bin ich jetzt sogar verdächtig.«

Er schluchzt laut auf und schnieft in sein buntbedrucktes Hawaiihemd.

Niklas Lux schaut ihm tief in die Augen. Die Verzweiflung des Kutterführers scheint nicht gespielt zu sein. Aber ist es möglich, dass der Beamte Frank Lürsen nicht die Wahrheit sagt?

Wer von den beiden lügt?

Oder hat sich alles vollkommen anders zugetragen?

Hauptkommissarin Bähr unterbricht seine Gedanken.

»Ich schlage vor, dass wir jetzt sofort die an dem Ausflug beteiligten Urlauber befragen«, sagt sie und holt ihr Handy aus der Hosentasche. »Ich werde Stefan und Lisa darüber informieren, dass sie uns unterstützen sollen.«

Über Niklas' angespanntes Gesicht huscht ein Lächeln.

»Sie haben ›uns‹ gesagt. Das heißt, ich bin dabei?«, fragt er vorsichtig.

»Was denn sonst? Oder wollen Sie sich schon am ersten Tag vor den Routineaufgaben drücken?«

»Natürlich nicht.«

»Und was ist mit mir?«, fragt Hauke erschöpft.

»Du hältst dich bitte zu unserer Verfügung«, sagt Gesa streng. »Vorerst keine Fahrten, hörst du?«

»Oje, wie soll ich das dem Chef erklären?«, jammert Hauke und beginnt das Schleppnetz hochzuholen.

Niklas wendet sich an Gesa.

»Ich würde lieber gleich Taucher anheuern«, sagt er, »um die Fundstelle nach weiteren Leichenteilen abzusuchen. Bevor es dunkel wird.«

»Kommissar Lux, bitte lassen Sie uns erst in die Dienststelle zurückkehren und von dort alle notwendigen Maßnahmen einleiten. Wir besprechen so etwas bei uns immer im Team.«

Niklas nickt.

Er ärgert sich. Deshalb hat er sich doch gerade hierher versetzen lassen, um mit den Kollegen gemeinsam zu ermitteln. Seine einsame Jagd nach Verbrechern hatte ihm zwar landesweiten Erfolg gebracht, aber persönlich hat es ihn fast zerstört.

Er wird hier an der Küste noch einiges lernen müssen.

Den Einsatz der Taucher lässt er sich jedoch nicht ausreden, auch nicht von der taffen Hauptkommissarin.

9. Kapitel

Gesa Bähr zieht tapfer ihren Rollkoffer über das Kopfsteinpflaster.

Ihr Schädel schmerzt. Der Magen startet eine Rebellion.

Die Cocktails, der Champagner, die vergangene Nacht und nun auch noch die pralle Sonne auf der MS Sagitta.

Das war zu viel.

Sie hätte nicht wegfahren sollen.

Komisch, dass an solchen Tagen meistens etwas passiert.

»Soll ich Ihnen den Koffer wirklich nicht abnehmen?«, fragt Niklas Lux sie zum wiederholten Mal.

Ihm ist es peinlich, dass sich die Hauptkommissarin neben ihm so abmüht.

Sie sieht ganz blass aus.

»Ist Ihnen nicht gut?«, fragt er.

»Doch, doch. Ich habe nur noch nicht gefrühstückt. Nachdem ich von dem Fund auf der MS Sagitta erfahren habe, bin ich sofort die paar Meter aus dem Hotel zum Hafen gelaufen. Die Wasserschutzpolizei hat mich dann von Kiel nach Laboe gefahren und den Rest kennen Sie ja.«

Niklas nickt. Auch sein Magen knurrt.

Der geschlossene Speisewagen. Er hatte ganz verdrängt, dass er außer einem Müsliriegel noch gar nichts gegessen hat.

Sehnsüchtig schaut er auf die Sitzgruppe vor einem kleinen Bäckerladen.

Ein Himmelreich für ein belegtes Brötchen!

»Ich weiß, Sie möchten zurück in die Dienststelle, aber darf ich Sie vorher auf einen Kaffee und eine kleine Stärkung einladen?«, fragt er seine neue Chefin.

Warum eigentlich nicht?, denkt Gesa.

Schließlich habe ich heute frei.

»Gern!«, antwortet sie. »Könnten Sie bitte vorher einmal vor mir in die Knie gehen?«

»Äh, wie bitte?«

Gesa lacht.

»Ihr Rucksack ist die perfekte Unterlage«, sagt sie.

»Ach so.«

»Ich werde den Zettel mit den Telefonnummern und Adressen der Ausflugsgäste jetzt mit dem Handy fotografieren und an Lisa Rückert schicken. Die Kollegen können schon anfangen, die Urlauber durchzutelefonieren. Hoffentlich finden wir die verschwundene Box bei einem der Exkursionsteilnehmer.«

»Hauke Bergen hat es bereits ausgeschlossen«, sagt Niklas, während er vor der Hauptkommissarin hockt.

»Ach, der Hauke, der ist manchmal ein bisschen schusselig. So war der schon früher.«

»Ich hatte eher den Eindruck, dass er uns etwas verschweigt.«

»Kommissar Lux, Schweigen ist unsere zweite Muttersprache. Das können Menschen aus dem Süden oft nicht so ganz nachvollziehen.«

»Für das BKA in Wiesbaden habe ich nur ermittelt. Gelebt habe ich in Brandenburg am Rande von Berlin, inmitten einsamer Wälder und Seen. Ich bin Stille gewöhnt.«

»Umso besser«, meint Gesa.

Das kann er mir später genauer erzählen. Interessante Type, nur ein wenig steif.

Ihr kriecht bereits der Kaffeeduft von der Bäckerei gegenüber in die Nase.

»Dort vorn ist gerade ein Tisch frei geworden«, ruft sie, »nichts wie hin!«

10. Kapitel

»Findest du nicht, dass es ein wenig zu früh zum Grillen ist?«, fragt Günther seine Frau Heidi. »Wir haben doch gerade erst Eis gegessen.«

»Dann hätten wir Sophia nicht mit in den Urlaub nehmen dürfen. Ich habe dich gewarnt. Die Vierjährige bestimmt den Rhythmus unserer Mahlzeiten.«

Nicht nur den, denkt Günther und wischt sich den Schweiß von der Stirn.

Grillen bei dieser Affenhitze.

Aber was tut man nicht alles fürs Enkelkind und die Kleine ist wirklich brav.

Der pensionierte Versicherungsangestellte Günther Stolberg liebt seine Enkelin abgöttisch.

Für den ersten gemeinsamen Urlaub haben der

Stuttgarter und seine Frau Heidi eine Unterkunft an der beschaulichen Ostseeküste nahe Laboe gewählt.

Sophia ruht sich gerade ein wenig in dem kühlen Bungalow aus, während die Großeltern gemütlich auf der Terrasse sitzen.

»Gut, ich werde in einer halben Stunde den Grill anwerfen«, verspricht Günther.

»Bitte jetzt, Günthi!«

Heidi versucht es auf die weiche Tour. Wenn sie ihn Günthi nennt, meint sie es ernst.

»Sophia schläft doch noch«, brummt er.

»Ja, aber nicht mehr lange und dann hat sie bestimmt Hunger. Ich habe ihr Grillwürstchen versprochen. Diese gekringelten, die wie eine Schnecke aussehen, die mag sie so sehr. Du hast doch welche besorgt?«

»Natürlich, so wie du gesagt hast.«

Günther erhebt sich langsam aus dem Liegestuhl.

»Setz bitte die Schirmmütze auf, wenn du aus dem Schatten gehst, Günther!«

Heidi reicht ihm das Käppi mit den Farben seines heimischen Fußballvereins.

Die Nordlichter sollen gleich sehen, wo er herkommt.

»Hoffentlich hat Sophia keine Albträume«, sagt er und zieht sein gestreiftes T-Shirt über den Bauch. Es spannt ein wenig.

Letzten Sommer hat es noch locker gesessen.

Günther ist mit seinen Gedanken bei dem Ausflug am Vormittag. »Meinst du, die Kleine hat von der Aufregung auf dem Forschungskutter etwas mitbekommen?«, fragt er seine Frau.

»Es ist nicht auszuschließen. Die überkandidelte Zwillingsmutter hat ja ein Mordsgeschrei veranstaltet. Sophia war schon etwas verängstigt.«

»Die Frau hatte einen Schock, Heidi.«

»Mag sein. Zum Glück hat der Bootsführer die Nerven behalten und uns alle auf die andere Seite des Kutters geschickt. Verständlich, dass er den grauenhaften Fund lieber ohne Publikum sichern wollte. «

»Das hat nicht jedem gefallen.«

»Na klar. Diese Gaffer und Knipser hätten bestimmt gern ein Auge darauf geworfen. Die eine junge Frau, die sportliche, die über ihren korpulenten Mann gelästert und ihn Kriechfuß genannt hat – die hat permanent Fotos mit ihrem Handy gemacht und wollte alles auf Instagram hochladen.«

»Nun hat Sophia doch keinen Seestern streicheln können«, sagt Günther traurig.

Heidi knufft ihn liebevoll in den Arm.

»Was hältst du davon, wenn wir morgen mit der Kleinen die Meeresforschungsstation besuchen und an einer Führung teilnehmen? Dort kann sie das sicher nachholen. Ich habe einen Flyer eingesteckt und schaue später nach den Öffnungszeiten.«

»Gute Idee, aber nun lass mich mal den Grill flottmachen!«

Der Siebzigjährige setzt jetzt einen Blick auf, dem seine Frau schon vor fünfzig Jahren nicht widerstehen konnte.

»Ein Kartoffelsalat als Beilage wäre schön, Heidi!«

»Lieber nicht. Denk an dein Cholesterin, Günther. Wir wollten doch anfangen, gesünder zu leben.«

Günther verzieht enttäuscht den Mund.

»Bin ich im Urlaub oder bei der Reha?«, beschwert er sich und versucht es noch einmal mit seinem berühmten Blick.

Nachdem Heidi in die warmen, braunen Augen ihres Mannes gesehen hat, gibt sie sich geschlagen.

»Na gut, aber nur eine kleine Portion und ohne

extra Ei. Wo hast du denn das Grillfleisch und die Würstchen hingetan?«

»Liegt alles noch in der Kühltasche, der Kühlschrank ist ja proppenvoll. Der ist einfach viel zu klein.«

»Das liegt daran, dass wir so viel zu Essen von zu Hause mitgeschleppt haben. Nur weil du nicht auf deine Stuttgarter Spezialitäten verzichten willst.«

Günther verkneift sich eine Antwort. Er weiß, wann es besser ist, seiner Frau das letzte Wort zu lassen.

»Ich kümmere mich dann mal um das Feuer«, sagt er nur.

Während Günther den Schuppen neben dem Bungalow aufschließt, um den fahrbaren Kugelgrill herauszuschieben, glaubt er, aus der Ferne Schreie zu hören.

Sie kommen aus Richtung der dem Deich vorgelagerten Dünen.

Gleich dahinter liegt der geräumige Bungalow der Stuttgarter Urlauber. Günther hatte bei der Buchung großen Wert auf die erste Reihe am Meer gelegt und dafür einen happigen Aufpreis bezahlt.

»Heidi!«, ruft er.

Seine Frau kommt sofort angelaufen.

»Pst!«, sie legt den Finger auf den Mund. »Nicht so laut! Sophia schläft noch.«

»Hörst du das?«, fragt Günther aufgeregt, »da schreit doch jemand um Hilfe.«

Die Rufe werden lauter und kommen schnell näher.

Keine halbe Minute später stehen zwei völlig verschwitzte Jungen vor ihnen. Sie sind in einem Alter, in dem die meisten bereits mit einem Handy ausgestattet sind.

Die beiden gehören wohl ausnahmsweise nicht dazu.

»Können wir bitte telefonieren?«, keucht der Größere von ihnen.

»Ich heiße Mika«, stellt er sich vor, »und das ist Julius, mein Bruder. Unsere Eltern haben uns die Handys abgenommen. Wir sollten wenigstens einen Tag ungestört die Natur erkunden.«

Julius unterbricht ihn. Der Jüngere stottert vor Aufregung: »Wir haben hinter dem Deich Fußball gespielt und Mika hat den Ball bis vorn ans Wasser geschossen. Er schafft das, er spielt im Verein.«

Günther wird ungeduldig: »Ist euer Ball weg?«

»Nein«, antwortet Mika, »den haben wir an einem

abgelegenen Uferabschnitt inmitten von angeschwemmtem Seegras wiedergefunden. Gleich neben dem Koffer …«, ihm bleibt kurz die Luft weg, »… der war ein Stückchen aufgerissen und wir haben hineingesehen.«

Günther und Heidi schauen sich fragend an.

»Und was ist in dem Koffer?«, will Heidi wissen.

»Eine Leiche!«, antworten die Brüder wie aus einem Munde.

11. Kapitel

Niklas Lux betritt nun endlich die Polizeistation. Am Vormittag hatte er es nur bis auf den Treppenabsatz vor die Eingangstür geschafft.

Er trägt den Koffer der Hauptkommissarin, die beschwingt in das erste Obergeschoss vorauseilt.

So ein Kaffee wirkt eben Wunder.

»Nun mal rein in die gute Stube!«, sagt sie fröhlich und hält ihm die weißgestrichene Tür auf.

Er befindet sich sofort in einem großen Raum mit mehreren Fenstern. Hinter dem Empfangstresen springt Polizeianwärter Lasse zwischen zwei Monitoren hin und her.

»Willkommen, Herr Oberkommissar! Ich bin gerade dabei, Ihren Zugang zu unserem Computersystem einzurichten. Sie dürfen gleich einmal Probemailen.«

Gesa lacht.

»Was wären wir ohne unseren Lasse?«, sagt sie. »Bevor die uns vom

Bezirk einen EDV-Spezialisten schicken, haben wir das Morsealphabet gelernt und verständigen uns mit Klopfzeichen.«

»Vielen Dank!« Oberkommissar Lux reicht Lasse zur Begrüßung die Hand.

»Sie dürfen Lasse zu mir sagen. Tun hier alle.«

Niklas Lux sieht sich kurz um.

Abgeschirmt durch den Tresen und unmittelbar am Fenster stehen sich die Schreibtische der Kollegen Lisa Rückert und Stefan Voß gegenüber.

Die beiden telefonieren.

Die Liste mit den Ausflugsgästen muss abgearbeitet werden.

Er winkt ihnen kurz zu und folgt der Hauptkommissarin in ihr Büro.

»Stellen Sie meinen Koffer bitte neben den Schrank!

Nochmals vielen Dank fürs Treppenhochtragen«, sagt sie und schaltet ihren Computer ein.

Schneegriesel und Blitze wechseln sich auf dem Bildschirm ab.

»Mist, unser Netz ist wieder schwach. Oder eine Störung.«

Niklas Lux hält kurz die Luft an.

In seinem früheren Domizil als privater Ermittler war er, was die elektronische Ausstattung und Computertechnik betraf, mit Hightech umgeben gewesen.

Aber er hatte sich seine neue Stelle selbst ausgesucht. Der Rest ist Vergangenheit.

Hauptkommissarin Bähr zerrt verzweifelt an der Steckverbindung zwischen ihrem Computer und dem Monitor.

»Das hilft manchmal. Ich weiß zwar nicht, wann und warum, aber hin und wieder funktioniert es.«

Niklas verkneift sich einen Kommentar.

Er möchte endlich an seinen Arbeitsplatz.

Da sich dem ersten großen Raum nur ein einziger Flur anschließt, von dem vier Türen abgehen, vermutet er hinter einer davon sein Büro.

Das war die einzige Bedingung, die er für seine Versetzung gestellt hatte. Ein Zimmer für sich allein.

Er ist kein Mensch für Großraumbüros.

Lasse steht plötzlich hinter ihm. Er schleppt einen Röhrenmonitor. Maximal 19 Zoll, denkt Niklas.

Was will Lasse damit?

»Herr Oberkommissar, das ist der einzige Monitor, den ich so schnell auftreiben konnte. Den hatten die von der Schutzpolizei im Erdgeschoss noch übrig.«

Niklas glaubt an einen schlechten Scherz.

»Entschuldigung, Frau Hauptkommissarin, mein Vorgänger hat doch sicher einen vollständig ausgestatteten Arbeitsplatz besessen?«

»Selbstverständlich. So provinziell, wie es gerade anmutet, sind wir nun auch wieder nicht.«

»Es ist leider alles kaputtgegangen«, erklärt Lasse. »Kommen Sie, ich zeige Ihnen Ihr Zimmer. Besser gesagt, das, was davon noch übriggeblieben ist.«

Hauptkommissarin Bähr versteckt ihren Kopf hinter einem Aktenordner.

Wie gut, dass der Polizeischüler ihr diese unangenehme Aufgabe abnimmt.

»Überzeugen Sie sich selbst, Herr Oberkommissar!«

Lasse stößt mit dem Fuß die Tür zu dem Zimmer gegenüber der Küche auf. Er hat immer noch den Monitor im Arm.

»Alles feucht: die Wände, der Boden.«

Entsetzt schaut Niklas auf die sich wölbenden Holzdielen und die blasenschlagende Tapete. Einige Bahnen waren bereits abgerissen worden. Die darunter zum Vorschein gekommene feuchte Wand stimmt ihn wenig hoffnungsvoll.

In der Ecke des Zimmers steht ein Gebläse, das diese Bezeichnung eigentlich nicht verdient. Es surrt nur sparsam vor sich hin.

»Das Teil muss mindestens zwei Wochen hier stehen bleiben, damit der Raum renoviert werden kann«, erklärt Lasse.

Niklas findet nur langsam seine Sprache wieder: »Wie konnte das denn passieren?«, fragt er.

»Das Büro liegt neben der Toilette und dort gab es einen Rohrbruch in der Abwasserleitung.«

Ach, deshalb muffelt es hier so.

Lasse redet weiter: »Leider ist es am Wochenende passiert. Von den Kriminalern war niemand in der Station und unten bei der Schutzpolizei haben sie es erst gemerkt, als es durch die Decke tropfte.«

Oberkommissar Lux hätte am liebsten laut geflucht.

Schöne Sch…e! Im wahrsten Sinne des Wortes.

Ein Auftakt nach Maß.

Willkommen im Leben. Wo, wenn nicht an einem solchen Ort, sollte er neu beginnen, hatte seine Schwester Frieda ihm geraten.

Von »Zurück in die Steinzeit« war nicht die Rede.

Lasse tritt neben dem entsetzten Oberkommissar ungeduldig von einem Bein aufs andere.

Der Monitor hat ordentlich Gewicht.

»Wo bleibe ich denn so lange, bis mein Büro wieder bewohnbar ist?«, fragt Niklas ihn. »Bringen Sie mich bitte dorthin, damit Sie das Ding endlich abstellen können.«

12. Kapitel

»Moin allerseits! Oh, ein neues Gesicht aus der Rechtsmedizin?«

Gesa ist erstaunt.

Sie hat eigentlich ihre Freundin Dr. Karin Rose bei

der Leichenschau erwartet.

»Prima, dass Sie so schnell hier sind. Ich bin Hauptkommissarin Bähr«, sagt sie zu dem Mann, der mit einem weißen Overall und einem Mundschutz bekleidet neben der Mädchenleiche kniet.

Der Pathologe hebt kurz die Hand zum Gruß und spricht leise weiter in sein Diktiergerät.

»Und das ist Oberkommissar Niklas Lux«, fährt Gesa unbeirrt fort. »Er hat heute gerade erst bei uns angefangen und schon ermitteln wir gemeinsam an einem Gewaltverbrechen.«

Gesa betrachtet die zierliche Tote in dem geblümten Sommerkleid genauer. Lange, braune Locken umspielen ein feingeschnittenes Gesicht. Sie ist höchstens Mitte zwanzig, vermutet Gesa.

»Nun können wir uns die Taucher auf jeden Fall sparen«, sagt sie betroffen.

Ihr war der fehlende rechte Fuß der jungen Frau natürlich sofort aufgefallen und sie glaubt nicht an Zufälle. Mit an Sicherheit grenzender Wahrscheinlichkeit gehört das von Hauke Bergen aus dem Wasser gefischte Körperteil zu dieser Leiche.

Hoffentlich finden wir den Fuß wieder und die Tote

wird schnell identifiziert. Dass die junge Frau ihrer 18-jährigen Tochter Svenja vom Typ her sehr ähnelt, versetzt der Hauptkommissarin einen Stich ins Herz.

Sie schluckt kurz. Aber sie muss professionell sein, darf diese Gedanken nicht an sich heranlassen, ermahnt sie sich.

Es wird später schlimm genug werden, die Angehörigen zu informieren. Ihr fällt diese Aufgabe auch nach fast dreißig Dienstjahren immer noch sehr schwer. Vielleicht kann Oberkommissar Lux sie da mehr unterstützen. Sein Vorgänger Hajo war diesbezüglich ein Totalausfall.

Auch Niklas Lux hat die Tote inzwischen genauer betrachtet. Er wundert sich, dass sie in den Koffer gepasst hat.

Das kann nur mit brachialer Gewalt geschehen sein. Wahrscheinlich sind ihr dabei zahlreiche Knochenbrüche zugefügt worden. Ob die Enge im Koffer auch der Grund dafür war, dass man dem Opfer den rechten Fuß abgetrennt hat? Oder trägt der Fuß des Mädchens ein besonderes Merkmal?

Niklas tritt näher heran.

»Sollen wir uns lieber umziehen?«, fragt er den Pathologen, während er sich die Gummihandschuhe überstreift. »Im Wagen sind doch sicher Schutzanzüge, Frau Hauptkommissarin?«

Gesa verzieht das Gesicht.

Der Neue ist wirklich überkorrekt.

Die Tote hat in einem aufgeplatzten Koffer im Wasser gelegen, da gibt's nicht mehr viel zu verwischen.

»Wenn ihr nur draufschaut, ist es in Ordnung«, antwortet der Mann in Weiß.

Oh, der neue Pathologe duzt gleich.

Die Stimme kommt Gesa seltsam vertraut vor. Auf einmal dreht er sich zu ihr um und sieht sie an.

Gesa erinnert sich nur zu gut an seinen Blick.

Diese bernsteinfarbenen Augen waren vor nicht einmal vierundzwanzig Stunden sehr dicht über ihr gewesen. Jetzt nur nicht daran denken.

Er ist N.! Gott, wie ist das peinlich.

Ich stell mich tot und leg mich gleich mit auf die Decke.

Was ist denn heute bloß los und warum fällt ihr sein Name immer noch nicht ein? Liegt das an der magischen Fünfzig, die sie vor Kurzem erreicht hat?

»Dr. Niels von Isenberg, Rechtsmediziner«, stellt sich Gesas neuer Bekannter zum Glück selbst vor.

Natürlich, er hieß Niels. Eigentlich leicht zu merken.

»Ich darf doch du sagen«, wendet sich Dr. von Isenberg an Gesa und seine Augen blicken schelmisch.

Dann steht er auf und nimmt seinen Mundschutz ab.

»Entschuldigen Sie, Herr Lux, dass ich Sie gleich mit geduzt habe, aber Gesa und ich, wir kennen uns ganz gut. Sie hat mich unter der Maskerade nur nicht sofort erkannt.«

Niklas nickt verständnisvoll.

Eines hat er in den wenigen Stunden seit seiner Ankunft mitbekommen: Irgendwie ist hier an der beschaulichen Küste fast jeder mit jedem verwandt oder bekannt.

»Können Sie uns denn schon etwas Verifizierbares mitteilen? Die Umstände des Todes oder den Todeszeitpunkt?«, fragt er den Rechtsmediziner.

Gesa ertappt sich dabei, wie sie zum ersten Mal in ihrer Laufbahn als Kriminalkommissarin hofft, dass sie gleich den ihr sonst so verhassten Satz hört: »Bitte warten Sie auf den Obduktionsbericht.«

Dr. von Isenberg zieht sich die weiße Kapuze seines Overalls vom Kopf. Sehr blonde, fast schon weiße, kurz geschnittene Haare kommen zum Vorschein.

»Ich will es kurz machen«, sagt er zum Glück und Gesa befürchtet, dass alle den Stein plumpsen hören, der ihr gerade vom Herzen fällt.

»Die augenscheinlichen Verletzungen, wie Knochenbrüche, Abschürfungen und nicht zuletzt die Amputationswunde über dem rechten Knöchel, sind dem Opfer post mortem zugeführt worden«, erklärt er.

»Haben Sie eine Vermutung zur Todesursache?«, erkundigt sich Niklas.

»Ertrinken schließe ich so ziemlich aus. Aber auch das wird sich erst endgültig bei der Obduktion klären lassen. Wir werden in Kürze zurück nach Kiel fahren.«

Gesa atmet auf.

»Der Transport für die Überführung der Toten müsste jeden Moment hier sein«, sagt sie eine Spur zu freudig.

Die ganze Situation ist ihr mehr als peinlich und sie will zurück in ihr Büro. Nachdem der Leichenfund am Strand gemeldet wurde, hatte sie es Hals über Kopf verlassen.

Sie und der neue Oberkommissar konnten gerade noch die Platzfrage zu Ende klären. Niklas' Schreibtisch steht nun vorübergehend bei Lisa und Stefan in dem großen Büro mit dem Empfangstresen.

»Wann dürfen wir Ihren Bericht erwarten?«, will Niklas jetzt von dem Rechtsmediziner wissen.

Dr. von Isenberg sieht auf die Uhr: »Also, heute bestimmt nicht mehr. Es ist bald Abend und ich habe eigentlich einen freien Tag gehabt.«

Er zwinkert Gesa zu.

»Ach, morgen reicht uns völlig aus«, antwortet sie. »Erst einmal vielen Dank. Du kommst jetzt bestimmt ohne uns zurecht. Schließlich hast du fachkundige Unterstützung.«

»Danke, Kollegen!«, ruft sie den Kriminaltechnikern zu, die immer noch dabei sind, Spuren in der Umgebung und an dem Koffer zu sichern.

»Kommen Sie, Oberkommissar Lux! Wir laufen hinter die Dünen. Mal sehen, ob unsere Kollegin Lisa Rückert mit der Zeugenbefragung fertig ist. Dann geht's zurück in die Polizeistation.«

Niklas Lux zögert und will Hauptkommissarin Bähr widersprechen. Am liebsten möchte er hierbleiben und alles selbst genau inspizieren. So wie früher.

Gesa durchschaut ihn, aber sie lächelt freundlich.

»Wir arbeiten im Team, Herr Oberkommissar! Nicht vergessen.«

13. Kapitel

Trude kann ihr Glück kaum fassen, als sie Oberkommissar Lux die Tür öffnet.

»Ach, Sie sind das!«, ruft sie freudig.

»Dann hat sich das Warten ja gelohnt. Ich dachte schon, es kommt niemand mehr, dabei hatte Gesa mich so angebettelt. Ich habe die Zimmervermietung eigentlich vor einem Jahr eingestellt. Der Rücken und die Beine … Ist mir alles zu viel geworden.«

Niklas Lux überreicht Trude eine Flasche Rotwein, die er an dem einzigen noch offenen Kiosk um die Ecke für einen satten Zuschlag gekauft hat.

»Für Blumen ist es leider zu spät geworden«, entschuldigt er sich.

»Das wäre doch nicht nötig gewesen. Danke schön, die öffne ich uns nachher gleich.«

Sie stellt die Flasche auf die Flurkommode.

»Jetzt zeige ich Ihnen erst einmal Ihr Zimmer. Kommen Sie!«

Trude schiebt den großgewachsen, athletischen Niklas energisch vor sich her.

»Kopf einziehen!«, ruft sie.

Die Deckenhöhen in dem alten Kapitänshäuschen sind sehr niedrig

und Niklas muss Slalom um die dafür umso tiefer hängenden Lampen laufen.

An den Wänden fallen ihm zahlreiche gerahmte Bilder auf. Es sind Originale, das erkennt er sofort.

»Die Küstenmotive hat alle mein Kurt gemalt. Die meisten davon in Öl, manchmal hat er aber auch mit Kreide gezeichnet.«

»Die sind wirklich schön, Frau Hansen.«

»Sagen Sie doch Trude zu mir, so wie alle in Laboe, die mich kennen. Frau Hansen nennt mich nur mein Doktor in Kiel. Von dem kehre ich jedes Mal kränker zurück, als ich hingefahren bin. Heute Morgen bin ich gerade erst bei ihm gewesen und mit welchem Ergebnis? Wieder zwei Tabletten mehr am Tag!«

»Das tut mir leid.«

»Muss es nicht. Bin eben einundachtzig, da wird's nichts mehr besser. Außerdem hatte mein Arztbesuch etwas Gutes. Ich bin Ihnen im Bus begegnet.«

Niklas lächelt. Er hat die alte Dame sofort in sein Herz geschlossen.

»Also, wenn ich Trude sagen soll, dann nennen Sie mich bitte Niklas und wir duzen uns.«

»Na, freilich!« Trude strahlt.

»Darauf trinken wir nachher gleich den Wein, den du mitgebracht hast.«

Sie schließt das Zimmer am Ende des Flurs auf.

»Hier wohnst du«, sagt sie stolz, während die Tür knarrend aufspringt. »Leg erst einmal in Ruhe deine Sachen ab! Das Bett ist frisch bezogen. Neben dem Kleiderschrank findest du den Eingang zum Bad. Es ist nur für dich. Klein, aber fein.«

Trude mustert Niklas von oben bis unten. »Ich glaube, in der Dusche wirst du wohl den Kopf einziehen müssen.«

»Trude, das Zimmer ist wirklich reizend. Vielen Dank. Ich würde sehr gern mit dir Rotwein trinken, aber ich habe schrecklichen Hunger und möchte vorher gern zum Hafen laufen, um Abendbrot zu essen.«

»Wenn ich das gewusst hätte!«, ärgert sich Trude. »Ich hätte uns etwas Schönes gekocht. Pannfisch! Das war Kurts Lieblingsgericht.«

»Ich mag auch Fisch«, sagt Niklas. »Aber den kenne ich nicht. Wird der hier in der Ostsee gefangen?«

Trude bekommt einen Lachanfall.

»Niklas, du Landei! Pannfisch heißt nichts weiter, als dass der Fisch in der Pfanne zubereitet wird. Egal, wo der zuvor seine Flossen hatte.

Die Stückchen kommen alle zusammen in eine leckere Senfsoße!«

»Das Gericht werde ich sicher noch probieren, Trude. Aber bitte nicht böse sein, wenn ich jetzt nur meinen Rucksack abstelle, mich kurz umziehe und dann losgehe.«

»Natürlich. So ein Mann wie du braucht doch ein anständiges Abendbrot.«

Trude reicht Niklas den Schlüsselbund.

»Bitte schön! Haustür- und Zimmerschlüssel. Wenn du zurückkommst, schau gern zu mir rein. Falls du den Fernseher aus meinem Wohnzimmer auf dem Flur hörst, dann bin ich noch auf.«

»Versprochen, Trude.«

14. Kapitel

Das Schnitzelgericht in der Hafenschenke »Zum goldenen Anker« war üppig und schmackhaft. Nun grübelte Niklas bei einem Verteiler über seinen ersten Fall.

Es ist bereits Küchenschluss und der Kellner schiebt ihm ein neues Bier hin.

»Noch einen Kurzen dazu?«, fragt er.

Niklas sieht auf die Uhr seines Handys, es ist spät geworden. Seine Wirtin Trude ist sicher schon schlafen gegangen.

»Danke schön. Ich trinke noch in Ruhe aus und möchte dann bezahlen.«

Er sieht aus dem Fenster auf die Promenade und entschließt sich zu einem ruhigen Spaziergang am Hafen.

Die entgangenen Anrufe und Nachrichten können warten. Niklas hatte alle, insbesondere seine Schwester Frieda, darum gebeten, nicht am ersten Tag nachzufragen, ob es ihm gefällt. Er steckt das Handy zurück in die Hosentasche, im selben Moment klingelt es.

Ein Anruf von Holger.

Holger Schlehendorf, ein Galerist aus Berlin, ist Niklas' langjähriger und bester Freund.

»Hallo«, flüstert Niklas. »Ich bin gleich aus dem Restaurant raus, bleib kurz dran.«

Wenn Holger ihn so spät anruft, wird es etwas Wichtiges sein. Hoffentlich ist nichts passiert.

Niklas läuft ein paar Meter bis zum Hafen und setzt sich gegenüber dem Hauptsteg auf eine Bank.

Die Nacht ist sternenklar, das Wasser ruhig.

Vom Jachthafen dringen leise Musik und Gelächter zu ihm herüber.

»Holger! Was gibt es? Ich lasse gerade meinen sehr ereignisreichen ersten Tag an der Küste ausklingen.«

»Entschuldige, ich frage auch nicht nach, wie es war.« Holger lacht. »Erst ab morgen.«

»Du bist gut drauf, mein Lieber«, stellt Niklas erleichtert fest.

»Das täuscht. Ich benötige dringend deine Hilfe.«

»Schieß los!«

»Mir ist ein Künstler abhandengekommen, für eine Vernissage nächste Woche. Er hat eben abgesagt. Der meldet sich immer so spät. Tagsüber schläft der ja auch nur.«

Niklas schluckt. Er ahnt, was jetzt kommt.

»Bitte, Niklas! Nur dieses eine Mal«, bettelt Holger. »Frieda besitzt doch noch einige Bilder von dir. Aber ohne deine Erlaubnis stellt sie mir die Kunstwerke nicht zur Verfügung.«

»Holger, wie oft soll ich es dir noch erklären? Ich habe mit der Malerei abgeschlossen.«

»Aber warum nur? Dass du den Sonderermittler für das BKA an den Nagel gehängt hast, verstehe ich ja vollkommen, nach dem, was passiert ist …«

Holger hält kurz inne. Er beißt sich auf die Lippe. Verdammt, denkt er, ich habe es völlig falsch angefangen. Gleich macht sein Freund dicht.

Niklas schließt kurz die Augen.

Sein bisheriges Leben rast in Bruchstücken an ihm vorbei:

Niklas als junger, hochmotivierter Kriminalkommissar.

Dann der schnelle Ausstieg und ein neues Leben als Privatdetektiv und Kunstmaler.

Bekannt als »Der Maler« wird er Deutschlands erfolgreichster privater Ermittler.

Durch die Tätigkeit seiner Schwester Frieda beim Bundeskriminalamt in Wiesbaden erhält er von dort immer mehr Aufträge. Schließlich wird er sogar deren Sonderermittler. Er trifft auf Wolf, seinen Widersacher aus Jugendzeiten. Es beginnt ein Kampf auf Leben und Tod.

Niklas gewinnt am Ende, doch ein Verräter beim BKA und Wolfs Rache zerstören ihn.

Sein Anwesen inmitten von Wald und Seen am Rande Berlins wird während seiner Abwesenheit durch eine Explosion vernichtet. Sein Zuhause verbrennt ebenso wie ein Großteil seiner gemalten Bilder.

Wie durch ein Wunder bleibt seine Partnerin Lara am Leben. Doch die Ereignisse verändern ihn und seine Liebe zu ihr hält der Belastung nicht stand. Sie trennen sich …

Niklas öffnet die Augen wieder. Er schüttelt sich kurz.

»Holger?«, fragt er leise. »Bist du noch dran?«

»Ja, natürlich.«

Holger ist erleichtert.

»Es tut mir leid, dass ich in der alten Wunde gestochert habe.«

»Ist schon gut. Ich will die Geschehnisse nicht mehr verdrängen. Inzwischen habe ich gelernt, damit umzugehen.«

»Die frische Seeluft und das neue Umfeld werden dir dabei helfen«, versichert Holger tollpatschig.

Niklas stöhnt. »Bitte keine Kalendersprüche!«

»Entschuldige, aber ich bin verzweifelt. Seit du nicht mehr malst, kämpfe ich ums wirtschaftliche Überleben.«

»Holger, jetzt übertreibst du aber. Du weißt, dass es nicht so ist.«

»Bitte, überleg es dir. Schlaf doch wenigstens eine Nacht darüber!«

»Das ist ein gutes Stichwort. Ich müsste bald ins Bett gehen. Vorher wollte ich das dicke Schnitzel in meinem Bauch noch ein wenig am Hafen entlangschaukeln. Stattdessen sitze ich jetzt auf der Bank und telefoniere mit dir.«

Niklas steht auf und verabschiedet sich von Holger.

Er geht den Bootssteg entlang bis vorn an die Spitze.

Das Rauschen der Wellen beruhigt ihn.

Wie die Sterne im Wasser funkeln. Es ist wirklich schön

hier.

Ein kleines offenes Motorboot nähert sich dem Steg.

Jetzt noch, um diese späte Zeit?

Etwas in ihm sagt, dass er bleiben und warten soll, um zu sehen, wo es vor Anker geht.

An ihren Silhouetten erkennt er zwei Personen im Taucheranzug, die im hinteren Teil auf der Reling sitzen.

Das Boot steuert direkt auf ihn zu. Doch plötzlich dreht es ab.

Die Taucher scheinen ihn bemerkt zu haben.

Haben sie etwas zu verbergen?

Niklas läuft so schnell er kann über den Steg zurück zum Hauptweg und rennt dann weiter am Ufer entlang.

Das auffällige Boot nimmt Kurs auf den Jachthafen.

Oberkommissar Lux ist in seinem Element. Geschickt springt er über zwei Absperrungen und klettert über die Zwischenstege.

Von einem der Segelboote erklingen »Happy Birthday«-Gesänge. Es ist bereits Mitternacht.

Niklas schlängelt sich an zwei hintereinanderliegenden Jachten vorbei. Aus einem schräggeklappten Bugfenster hört er ein verdächtiges lautes Stöhnen. Irritiert bleibt er kurz stehen. Die Laute klingen rhythmisch, mal tiefer, mal höher.

»Verschwinde, du Spanner!«, ruft ein Mann von der Jacht gegenüber, der gerade seine Notdurft ins Hafenwasser verrichtet.

Klappe, du Ferkel!, denkt Niklas, auf deinem Luxusschiff fehlt wohl die Toilette.

Er bückt sich und schleicht sich vorsichtig weiter.

Das ihm verdächtige Motorboot ist inzwischen im Hafen angekommen.

Niklas beobachtet, wie die zwei Männer in den Taucheranzügen aussteigen. Der eine trägt – er erkennt es deutlich im Lichtschein der Hafenlaternen – eine Kühlbox mit sich.

Die beiden huschen den Steg entlang und schauen sich dabei ständig um.

Das Boot legt sofort wieder ab. Der Motor tuckert ganz leise. Erst als es weit genug vom Jachthafen entfernt ist, gibt der Fahrer Gas.

Oberkommissar Lux findet das merkwürdig.

Er hat wenig Ahnung vom Tauchen, aber nachts tun das seiner Meinung nach nur Profis mit spezieller Ausrüstung.

Auch auf die Gefahr hin, dass er sich gleich lächerlich macht: Er beschließt, die Taucher zu befragen.

Die laufen zügig im Schutz der Uferböschung und pressen sich dabei dicht an das Buschwerk.

Niklas eilt über die Zwischenstege zurück an Land und versperrt ihnen kurz vor dem Parkplatz den Weg.

»Guten Abend! Oberkommissar Lux«, stellt er sich vor.

Dann wird es dunkel um ihn.

Dienstag

15. Kapitel

»Guten Morgen, Herr Oberkommissar!«

Hauptkommissarin Gesa Bähr muss zweimal hinsehen und glaubt es trotzdem kaum.

»Wo haben Sie sich denn das blaue Auge geholt?«, fragt sie Niklas, der etwas zerknirscht ihr Büro betritt.

»Na, nicht dort, wo Sie vielleicht denken«, antwortet er und muss ein wenig grinsen.

Er erzählt Gesa von seiner nächtlichen Jagd nach den Tauchern und deren Kühlbox und wie diese ein jähes Ende fand.

»Und warum haben Sie die Kollegen nicht informiert?«

»Es war zu spät für eine Verfolgung. Ich wurde kurz nach Mitternacht niedergeschlagen und erst zwei Stunden später hat mich ein Pärchen gefunden. Sie haben mich angesprochen und gefragt, ob ich Hilfe benötige.«

Gesa schmunzelt. »Das haben Sie natürlich verneint, so wie ich Sie einschätze.«

»Ganz genau.« Niklas reibt sich den schmerzenden Schädel.

»Halb so schlimm«, erklärt er tapfer. »Was macht unser Fall, Frau Hauptkommissarin? Hat sich Dr. Isenberg schon gemeldet?«

»Das wäre doch sehr früh.«

»Na, ich dachte, weil er Sie so gut kennt …«

Gesa wird verlegen. »Noch nicht lange.«

Niklas merkt sofort, dass ihr das Thema unangenehm ist.

»Verstehe«, sagt er. »Dann werde ich mich zu den Kollegen, an meinen provisorischen Arbeitsplatz begeben. Hoffentlich hat Lasse den Computer zum Laufen gebracht.«

Es klopft kurz und heftig an Gesas Bürotür und im selben Moment wird diese auch schon aufgestoßen.

»Frau Hauptkommissarin!«, ruft Kriminalmeister Stefan Voß aufgeregt. »Wir konnten die Tote identifizieren! Lisa und ich sind die jüngsten Vermisstendateien durchgegangen und fündig geworden.«

Gesa springt hinter ihrem Schreibtisch auf.

»Glückwunsch, Kollege Voß! Wir kommen zu Ihnen nach vorn.«

Kriminalobermeisterin Lisa Rückert hat ihren Bildschirm nach außen gedreht, sodass Gesa und Niklas einen guten Blick darauf haben.

»Das Opfer heißt Luise Reinhardt, ist 22 Jahre alt und kommt ursprünglich aus Düsseldorf. Seit einigen Monaten hält sie sich an der Küste auf und jobbt in Restaurants und Hotels.«

»Wo ist sie denn gemeldet?«, fragt Niklas.

»Zuletzt wohnte sie bei einer Freundin in Kiel. Diese hat die Vermisstenanzeige aufgegeben.«

»Eltern? Geschwister?«

»Fehlanzeige, bisher jedenfalls«, meint Lisa. »Stefan recherchiert noch. In Düsseldorf ist er nicht fündig geworden.«

Kriminalmeister Voß nickt.

»Sie hat keine offizielle Meldeadresse.«

»Vielleicht war das Mädel vorher im Ausland«, meint Lasse, der an Niklas' Schreibtisch sitzt und gerade den dritten Neustart an dessen Computer versucht.

»Das wäre eine Möglichkeit«, stimmt Niklas dem Polizeischüler zu. »Wir könnten bei den Au-pair-Vermittlungen nachfragen.«

Kriminalmeister Voß verzieht das Gesicht.

»Oder bei den Zentralen für Austauschstudenten, Work and Travel, Umweltverbänden, Regenwaldrettern und so weiter«, sagt er bissig. Die Ironie in seinen Worten ist nicht zu überhören.

»So viel Manpower haben wir hier nicht«, mault er.

Wir sind ja schließlich nicht das BKA.

»Sicherlich ist das eine Suche nach der Nadel im Heuhaufen, aber irgendwo muss man ja anfangen«, rechtfertigt sich Niklas.

»So, Schluss jetzt!«, Hauptkommissarin Bähr beendet die Diskussion.

»Als Erstes befragen wir die Freundin, bei der unser Opfer in der letzten Zeit angeblich gewohnt hat. Wer hat die Kontaktdaten?«

»Ich.« Lisa reicht der Hauptkommissarin einen Zettel mit dem Namen und der Handynummer.

Gesa Bähr greift sich das Telefon vom Schreibtisch des Kollegen Voß und zieht es zu sich herüber.

Sie wickelt sich das Kabel um ihr schlankes Handgelenk, setzt sich auf einen der Besucherstühle und wählt.

Ein Freizeichen ertönt.

Gesa schaltet den Lautsprecher ein. Es knackt.

»Frau Peters?«, fragt sie. »Henrike Peters?«

»Ja! Wer spricht denn da?«

»Hauptkommissarin Bähr. Ich melde mich wegen Ihrer Vermisstenanzeige.«

»Haben Sie eine Spur zu Luise?«, erklingt es hoffnungsvoll am anderen Ende.

Gesa Bähr ignoriert die Frage.

»Wir benötigen dringend noch ein paar Auskünfte von Ihnen, Frau Peters. Wo sind Sie jetzt?«

»Ich bin bei der Arbeit. Also jetzt gerade bin ich draußen zur Zigarettenpause.«

»Und wo arbeiten Sie?«

»In Kiel, im neuen Supermarkt in der Werftstraße. Ich kann hier nicht so einfach weg. Wir sind unterbesetzt. Mein Chef wird toben, wenn ich ausfalle.«

Gesa überlegt kurz.

Lisa Rückert hebt einen Zettel hoch, auf dem geschrieben steht: »E-Mail von der Rechtsmedizin. Ob Sie heute vorbeikommen?«

Da mischt sich Oberkommissar Lux auch schon laut ein.

»Frau Peters, bleiben Sie ruhig an Ihrem Arbeitsplatz. Wir fahren zu Ihnen.«

Gesa glaubt, nicht richtig zu hören. Was fällt dem Lux ein, schon wieder an ihr vorbeizupreschen?

»Kann ich jetzt auflegen?«, drängelt Henrike Peters. »Meine Pause ist seit fünf Minuten zu Ende.«

»Ja, gleich«, antwortet Gesa ihr. »Bitte teilen Sie meinem Kollegen vorher noch Ihren genauen Standort mit.« Sie stellt den Lautsprecher aus und reicht Stefan Voß den Hörer.

Dann steht sie auf und wendet sich an Niklas: »So, Oberkommissar Lux. Auf geht's! Unterwegs besprechen wir, wer von uns beiden mit Frau Peters redet und wer in die Rechtsmedizin fährt.«

Niklas kneift die Augen zusammen und lächelt.

»Steht das nicht schon fest?«, fragt er schelmisch.

Lisa und Stefan schauen sich verwundert an.

Haben wir etwas verpasst?

16. Kapitel

»Hallo, Henrike! Ich muss dich unbedingt sprechen«, sagt der junge Mann, während er zwei Dosen Cola, eine Flasche teuren Prosecco und eine Tüte spanische Trüffelchips über das Kassenband schiebt.

Henrike Peters hebt erschrocken den Kopf.

Julian!

Unter seiner tief in das Gesicht gezogenen Schirmmütze hat sie den Fünfundzwanzigjährigen nicht gleich erkannt.

»Ich weiß nichts«, murmelt Henrike leise. Ihre Hand beginnt leicht zu zittern.

»14,95 Euro, bitte!«

Julian kramt in der Gesäßtasche seiner Armani-Jeanshose und reicht ihr einen Zwanzig-Euro-Schein. »Stimmt so.«

Großkotz.

Wie werde ich den Kerl bloß los?

Henrike gibt ihm das Wechselgeld und winkt einem Kunden zu, der mit seinem Einkaufswagen die Kasse neben ihr anpeilt.

»Kommen Sie bitte zu mir herüber! Die Kollegin nebenan schließt gleich«, ruft sie ihm zu.

Der Mann wechselt abrupt die Richtung und fährt dem aufdringlichen Julian mit seinem vollgepackten Einkaufswagen in die Hacken.

»Aua! Können Sie nicht aufpassen!«

»Entschuldigung, aber kann ich ahnen, dass Sie einfach stehen bleiben? Packen Sie doch Ihren Einkauf ein!«

»Ja, doch!«, mault Julian und flüstert Henrike zu: »Ich warte draußen auf dich. Es ist wirklich wichtig.«

Henrike zündet sich vor dem Wareneingang des Supermarktes eine Zigarette an. Sie ist nervös. In zehn Minuten kommt die Kripo.

Hoffentlich ist Luise nichts passiert!

»Wusste ich's doch, dass dich spätestens in einer Stunde der Jieper überkommt!«, tönt es plötzlich hinter den Papiercontainern.

Julian!

Der lässt nicht locker.

»Verschwinde! Meine Pause ist kurz.«

»Warum denn so abweisend, Baby?«

Der Student mit den blonden, schulterlangen Locken und dem durchtrainierten Körper eines Serienstars kommt näher. Er nimmt Henrike die Zigarette aus der Hand und zieht lässig daran.

»Rauchen schadet der Gesundheit. Ich kann dir was Vernünftiges besorgen«, höhnt er und gibt ihr die Zigarette zurück. »Nicht so ein billiges Kraut.«

Er lacht und zeigt sein Zahnpasta-Reklame-Lächeln.

Die Seitentür vom Wareneingang wird von innen aufgestoßen.

Torsten Sternberg, der stellvertretende Filialleiter, steckt seinen kahlen, sonnengebräunten Schädel durch die Tür.

Julian flüchtet hinter die Papiercontainer und von dort weiter auf den Parkplatz zu seinem Porsche.

»Henrike!«, ruft Herr Sternberg. »Dein Typ wird verlangt.«

»Ja, sofort.« Die junge Verkäuferin drückt schnell ihre Zigarette aus.

»Einer von der Kripo wartet in meinem Büro. Hast du was ausgefressen?«

»Nein, es ist wegen meiner verschwundenen Freundin, der Luise.«

»Ist die immer noch nicht wieder aufgetaucht?«

Henrike schüttelt traurig den Kopf.

»Mm. Ist ein hübsches Ding, deine Freundin. So eine richtige kleine Lolita.«

Torsten Sternberg schnalzt mit der Zunge.

»Aber sie wollte ja lieber nachts in der Bar kellnern, als bei uns die Regale auffüllen«, sagt er und tätschelt Henrike mit seinen dicklichen Fingern die Wange.

»Mach dir mal keine Sorgen.«

Als er ihr auch noch den Arm um die Schulter legen will, dreht sie sich empört zur Seite.

»Quatsch nicht so lange mit dem Kripomann!«, meint Sternberg verärgert. »Du weißt, dass du die Zeit später nacharbeiten musst. So viele Pausen, wie du heute schon gemacht hast. Auch meine Gutmütigkeit kennt Grenzen.«

Er lächelt süffisant.

Henrike weiß genau, was er meint.

Widerlich! Dieser notgeile Bock!

Hoffentlich klappt es mit der Bewerbung im Frischemarkt am Fährhafen, denkt sie, dann sieht mich der Sternberg hier nie wieder.

Henrike eilt durch das Lager des Supermarktes, vorbei an hoch aufgetürmten Paletten voller Warenkartons und Getränkekisten.

Sie grübelt.

Was könnte die Kripo von ihr wollen? Sie hat dem Beamten in der Vermisstenstelle doch bereits alles gesagt.

17. Kapitel

Bestimmt hat mich dieser schlaue Lux ausgetrickst.

Hauptkommissarin Bähr weiß nicht, ob sie sich ärgern oder freuen soll, weil sie das kürzere Ende vom Streichholz gezogen hat.

Pathologie!

Und damit ein Wiedersehen mit Niels von Isenberg.

Gesa ist sich über dessen zukünftige Rolle in ihrem Leben noch nicht im Klaren. Für heute muss die dienstliche Verbindung ausreichen.

Alles andere wird sich zeigen.

Ein flaues Gefühl macht sich in ihrem Magen breit.

Je näher sie im Rechtsmedizinischen Institut den Räumen für die Obduktion kommt, umso langsamer werden ihre Schritte.

Die erste von drei Türen geht auf.

»Gesa!« Von Isenberg strahlt. »Ich bin pünktlich fertig geworden. Meine Assistentin schreibt gleich den Bericht.«

Er hakt die überraschte Hauptkommissarin unter.

»Wir zwei besuchen in der Zwischenzeit das hübsche Design-Café gegenüber«, sagt er fröhlich. »Ich habe dir zuliebe morgens um fünf mit der Obduktion angefangen und ordentlich Hunger.«

»Äh, Moment, Niels«, protestiert Gesa zaghaft.

Aus der Zusammenarbeit mit Dr. Karin Rose ist sie eine andere Vorgehensweise gewöhnt. Karin hat sogar nebenher gegessen, wenn es sein musste. Außerdem hat sie in der Kantine des Instituts gefrühstückt und nicht in diesem noblen Schuppen, wo der Latte Macchiato so viel kostet wie ein Mittagsgericht zu Hause in der Strandperle.

»Vielen Dank für die Einladung, Niels. Aber ich würde mir gern, wie immer, ein eigenes Bild machen«, widerspricht Gesa. »Es tut mir wirklich leid, ein anderes Mal vielleicht«, entschuldigt sie sich, »heute habe ich viel zu wenig Zeit. Die muss ich für die Ermittlungsarbeit nutzen.«

Sie klappt ihre Aktentasche auf und holt eine Plastikdose heraus.

»Bitte, nimm! Du kannst meine Brote essen. Obst und Gurke sind auch dabei« erklärt sie dem verblüfften von Isenberg.

Der schmollt ein wenig.

»Nein, danke«, sagt er und gibt Gesa ihre Brotdose zurück.

»Ich halte schon noch durch. Dann werde ich später mit Lorena beim Italiener etwas Feines zum Mittag essen.«

Gesa klappt ihre Tasche wieder zu und tut, als ob sie nicht hingehört hat.

Von Isenberg erzählt ungefragt weiter.

»Lorena ist meine Assistentin. Ich habe sie aus Lübeck mitgebracht. Das war meine Bedingung für die kurzzeitige Vertretung von Dr. Rose.«

Gesa ist erleichtert, zu hören, dass ihre Freundin Karin Rose bald wieder vor Ort ist.

Sie folgt dem Rechtsmediziner in den Obduktionsraum.

Eine langbeinige Schönheit, die sich den Gürtel ihres weißen Kittels eng um die Taille geschnürt hat, schiebt das Opfer gerade zurück in ein Kühlfach.

»Bitte hol die Nummer 5 wieder heraus, Lorena! Die Hauptkommissarin möchte unsere Arbeit lieber persönlich in Augenschein nehmen.«

»Und was ist mit dem Bericht?«, fragt seine Assistentin.

»Den kannst du gern inzwischen schreiben. Du hast doch mein Diktat. Vielleicht kann Hauptkommissarin Bähr die Unterlagen anschließend gleich mitnehmen.«

Gesa lächelt freundlich und wendet sich an Lorena, die sichtbar erschrocken scheint.

»Sie müssen sich nicht abhetzen«, beruhigt Gesa. »Sie können uns den Bericht später in die Dienststelle mailen.«

Dann begrüßt sie von Isenbergs Assistentin mit einem kräftigen Händedruck, den diese so stark erwidert, dass Gesa die Fingerknöchel schmerzen.

Holla! Was soll das denn?

Die stechend hellen Augen der mindestens zehn Jahre Jüngeren fixieren die Hauptkommissarin misstrauisch.

Wenn Blicke töten könnten!

Gesa schaut auf das Obduktionsbesteck und weicht vorsichtshalber zurück.

Da zieht sich Lorena einen Kamm aus ihrer Hochsteckfrisur und wirft den Kopf nach hinten. Eine wallende Mähne schwarzer Haare fällt über ihre schmalen Schultern.

Die sind gefärbt, vermutet Gesa. Bei den hellblauen

Augen.

Lorena zieht sich den Kittel aus. Ein knapp über den Po reichendes rotes Minikleid wird sichtbar.

»So. Können wir dann?«, fragt Dr. von Isenberg und zieht das Tuch von der Toten.

Er scheint die Szene sichtlich zu genießen.

Nichts lieber als das, denkt Gesa und nickt.

Nachdem Lorena die Tür geräuschvoll hinter sich geschlossen hat, erklärt ihr von Isenberg: »Sie hat nicht nur ein sicheres Händchen bei der Obduktion, sondern auch jede Menge Temperament.«

18. Kapitel

Oberkommissar Lux erhebt sich von dem wackligen Stuhl in Sternbergs Büro und reicht Henrike die Hand.

»Guten Tag, Frau Peters! Vielen Dank, dass Sie sich die Zeit nehmen.«

Die zuckt nur mit den Schultern und verzieht säuerlich den hübschen Mund.

»Muss ich später nacharbeiten«, nuschelt sie.

Niklas Lux hat genau hingehört.

»Das ist eigentlich nicht üblich. Soll ich mit Ihrem Chef reden?«, fragt er.

Henrike hebt die Arme hoch. »Bloß nicht!«

»Wie Sie möchten.«

Die junge Verkäuferin steht Niklas Lux unschlüssig gegenüber und nestelt an den Bändern ihres kurzärmligen Kapuzenshirts.

Sie ist nervös.

»Setzten wir uns doch!«, fordert er sie auf. »Das wacklige Exemplar nehme ich. Ich habe mich schon daran gewöhnt.«

»Wie Sie wollen, mir ist es egal.«

Henrike setzt sich Niklas Lux gegenüber.

Sie greift nach dem Päckchen mit Trinkschokolade, das vor ihr auf dem Tisch steht. »Für mich?«

»Ja. Herr Sternberg erzählte mir, Sie mögen Kakao.«

Henrike nickt und sticht mit dem Strohhalm in die perforierte Öffnung.

»Luise hat den auch immer gern getrunken«, sagt sie leise.

Luise, was hast du getan?

Irgendwie überkommt Henrike eine böse Vorahnung. Sie befürchtet, dass der Kommissar jetzt gleich den berühmten Satz sagt …

»Frau Peters«, beginnt Niklas Lux, »ich muss Ihnen leider mitteilen, dass wir Ihre Freundin tot aufgefunden haben.«

Henrike zieht ununterbrochen an dem Strohhalm des Kakaotrunks.

Sie hat Angst, dass sie laut losschreit, sobald sie damit aufhört.

»Es tut mir sehr leid«, sagt Oberkommissar Lux, »dass ich Ihnen keine bessere Nachricht überbringen kann.«

Er bleibt sachlich und zurückhaltend, da er weiß, dass es den Betroffenen in diesem Moment am meisten hilft.

»Wir konnten Luise Reinhardt bisher anhand des von Ihnen in der Vermisstenstelle abgegebenen Fotos identifizieren. Sind Sie bereit, mir weitere Fragen zu beantworten?«

Henrike nickt heftig.

Der Strohhalm rutscht aus ihrem Mund.

Eine Salve Kakao spritzt über den Tisch bis an die

Wand, an der zahlreiche Zettel kleben. Einige hässliche, braune Flecken zieren nun Sternbergs Wochenplan.

Der wird mich umbringen.

»Halb so schlimm. Das lässt sich bestimmt noch einmal ausdrucken«, tröstet Niklas Lux die zitternde Henrike.

»Erzählen Sie mir bitte noch einmal alles, was Sie über Luise Reinhardt wissen?«, bittet er.

»Nicht viel«, antwortet die junge Frau ausweichend. »Außerdem habe ich dem Beamten auf der Wache schon alles gesagt.«

Oberkommissar Lux hat das Protokoll vor sich liegen.

»Ich weiß«, sagt er milde. »Aber wir müssen von einem Tötungsdelikt ausgehen und Sie möchten sicher wissen, wer Ihrer Freundin das angetan hat.«

Henrike schluchzt kurz auf.

»Natürlich«, stammelt sie. »Ich möchte ja helfen. Doch ich kenne Luise noch nicht so lange. Erst seit ein paar Wochen. Sie hat für einen Caterer gekellnert, den unser Supermarkt mit Getränken beliefert. Sternberg hatte mich als Begleitung mitgenommen. Auf diesem

Event bin ich Luise zum ersten Mal begegnet.

»Das heißt, Ihr Chef Herr Sternberg kannte Luise ebenfalls persönlich.«

»Und ob! Er hat sie gleich angequatscht und gemeint, bei uns würde sie mehr verdienen und Sozialleistungen erhalten.«

»Aber sie hat sein Angebot ausgeschlagen«, unterbricht Niklas Lux.

Den Sternberg muss ich mir nachher gleich vorknöpfen, denkt er.

»Sie haben Luise Reinhardt sogar bei sich wohnen lassen«, sagt er zu Henrike. »Ist das nicht ungewöhnlich, nach so kurzer Zeit?«

»Wo sollte sie denn hin, nach der blöden Sache mit ihrem Zimmer.«

»Welche Sache?«

Henrike Peters kneift ihre großen, haselnussbraunen Augen zusammen.

»So genau weiß ich auch nicht, was da los war. Jedenfalls hatte Luise kurzfristig ihre Bleibe in Kiel verloren und bei mir ist genug Platz gewesen.«

»Wir werden Kollegen vorbeischicken, die die Sachen Ihrer Freundin bei Ihnen abholen. Haben Sie eigentlich die Adresse der vorherigen Wohnanschrift Ihrer Freundin?«, fragt Niklas.

Henrike schüttelt den Kopf.

»Ehrlich?«

»Ja! Sie hat nicht darüber reden wollen. Nur dass sie sich das nicht gefallen lässt und wir anschließend gemeinsam Urlaub machen, wenn sie wieder bei Kasse ist. So richtig schick, auf einem Kreuzfahrtschiff.«

»Frau Peters!«, ermahnt Oberkommissar Lux sie. »Luise Reinhardt glaubte also, demnächst Geld zu erhalten. Hat sie vielleicht versucht, jemanden zu erpressen?«

»So etwas würde sie niemals tun!«

Henrike springt so heftig von ihrem Stuhl auf, dass er nach hinten umfällt.

»Ich kann mir schon denken, was Sie sich zusammenreimen!«, ruft sie wütend.

Niklas ärgert sich. Er hat die junge Frau unterschätzt.

Sie weiß mehr, als sie preisgibt, und sie spielt ihm etwas vor. Oder sie fürchtet sich. Ihre Reaktionen sind einfach zu widersprüchlich.

Vielleicht schüchtert die Umgebung sie ein?

Das Verhältnis zu diesem Sternberg scheint nicht das beste zu sein. In dem Ambiente seines Büros ist sie verschlossener als eine Auster.

»Entschuldigung, Frau Peters, ich wollte Sie nicht aufregen«, lenkt Niklas ein und hebt den Stuhl auf.

»Setzen Sie sich bitte wieder! Vielleicht ist es besser, wenn Sie morgen zu uns in die Dienststelle nach Laboe kommen und wir in Ruhe über alles sprechen«, schlägt er vor und reicht ihr seine Karte.

Henrike stöhnt genervt.

»Wie stellen Sie sich das vor?«

»Mit Ihrem Chef werde ich reden. An den habe ich auch gleich ein paar Fragen. Sie können übrigens gehen. Es wäre schön, wenn Sie ihm Bescheid geben, dass ich in seinem Büro auf ihn warte.«

Das lässt sich Henrike nicht zweimal sagen.

»Mach ich, Herr Kommissar! Wiedersehen«, und schon ist sie aus der Tür gerannt.

19. Kapitel

Gesa Bähr fährt mit dem dunkelblauen Opel der Kripo Laboe auf die Zuwegung zum Parkplatz des Supermarktes. Es scheppert kurz. Ein Schlagloch.

»Verdammt!«, schimpft sie.

Für den neuen Einkaufstempel hat das Geld gereicht, für ordentliche Straßen nicht. Kriminalmeister Voß soll sich den Wagen nachher lieber mal ansehen. Der Stefan hat glücklicherweise ein begnadetes Händchen. Wenn der Opel auch noch den Geist aufgibt, müssen wir vorerst alle Fahrrad fahren.

So wie der Neue. Aber der tut das freiwillig, hat er ihr erzählt. Er wird sich freuen, dass Gesas Schwager eben angerufen hat. Ein Dutzend Umzugskartons und ein Sportrad wurden für Niklas Lux angeliefert. Natürlich an dem doppelt vermieteten Ferienhaus in Kalifornien! Aber darum sollen sich Gerd und der Neue selbst kümmern, denkt Gesa. Sie ist schließlich die Leiterin der Dienststelle und nicht deren Kindermädchen.

Gesa fährt mit Schwung in eine schmale Parklücke und bremst scharf. Der aufgewirbelte Kies nebelt eine Dame samt Einkaufswagen ein. Zum Glück hört Gesa nicht, was diese ihr zuruft.

Wegen ihres Besuchs in der Rechtsmedizin hat sie ohnehin schlechte Laune, was bei ihr eigentlich eher selten vorkommt.

Wie viele Cocktails hatte sie denn getrunken, um auf so einen Schleimer und Weiberhelden wie von Isenberg reinzufallen?

Gesa klappt den Innenspiegel ihres Wagens auf und zieht sich mit einem getönten Pflegestift die Lippen nach. Dann klatscht sie sich zweimal kräftig auf die Wangen.

Kopf hoch! Spaß gehabt und gut ist es. Vergiss ihn!

Was soll der Neue von ihr denken? Sie kurbelt die Scheibe herunter und winkt.

»Hier stehe ich, Kollege Lux! Hierher!«

Niklas erkennt den eingestaubten Opel Astra seiner Chefin und läuft schneller über den Parkplatz.

»Perfektes Timing!«, sagt er und steigt auf der Beifahrerseite ein. »Ich wollte Sie gerade anrufen.«

Gesa fährt sofort los und gibt etwas zu forsch Gas.

Niklas schaut sie prüfend von der Seite an.

Ihr Fahrstil hat sich seit der Hinfahrt geändert.

»Schlechte Nachrichten?«, fragt er.

»Nein, nur unangenehme Gesellschaft«, antwortet Gesa ehrlich. »Und bei Ihnen?«

»Kaum neue Erkenntnisse, aber einige Hypothesen. Die zusätzliche Befragung des stellvertretenden Filialleiters Torsten Sternberg hat mich auch nicht weitergebracht. Ich habe Henrike Peters für morgen nach Laboe eingeladen. Ich bin mir sicher, sie verschweigt etwas.«

»Sie hätten sich mit mir abstimmen sollen. Der morgige Tag ist eigentlich voll verplant. Denken Sie daran, dass der abgetrennte Fuß des Opfers weiterhin auf ominöse Weise verschwunden ist.«

»Das habe ich nicht vergessen. Ich werde Hauke Bergen heute noch einmal auf den Zahn fühlen. Irgendetwas an seiner Geschichte ist faul.«

»An dem armen Hauke haben Sie sich aber festgebissen. Mit dem Mord hat der bestimmt nichts zu tun.«

»Ist es sicher Mord gewesen? Was sagt der Rechtsmediziner Dr. von Isenberg, Ihr Beka…?«

Niklas Lux beendet den Satz nicht, weil er sieht, wie sich eine Zornesfalte auf der Stirn der Hauptkommissarin entwickelt. Sie tritt das Gaspedal bis unten durch.

Es blitzt.

»Scheiße!«, schreit Gesa.

»Es waren maximal 20 km/h zu viel, noch keine Punktegefahr«, tröstet Niklas sie.

»Soll ich übernehmen?«

»Glauben Sie, ich bin zu blöd zum Autofahren?«, blafft Gesa ihn an. »Außerdem fahren Sie doch nur Fahrrad.«

»Nicht nur, aber häufig.«

»Ach so. Übrigens, Ihr Gepäck und das Rennrad sind angekommen. Mein Schwager Gerd kümmert sich darum.«

»Prima! Vielen Dank.«

Niklas versucht jetzt, seine Frage von eben unverfänglicher zu formulieren.

»Welche Ergebnisse hat die rechtsmedizinische Untersuchung von Luise Reinhardt denn nun gebracht?«, will er von seiner Chefin wissen.

»Den ausführlichen Bericht bekommen wir in ca. einer Stunde per Mail. Tox-Screen und DNA-Proben sind noch in Arbeit.«

Gesa trinkt einen Schluck aus der Wasserflasche in ihrem Türfach.

»Luise Reinhardt wurde erwürgt.«

Niklas kneift verwundert die Augen zusammen.

»Das überrascht mich aber. Am Strand habe ich auf den ersten Blick keine äußeren Drosselmarken an der Toten erkennen können.«

»Dieselbe Frage habe ich von Isenberg auch gestellt«, stimmt ihm Gesa zu. »Er hat es mir folgendermaßen erklärt: Wird das Strangulierwerkzeug direkt nach der Tat entfernt, er vermutet einen dünnen Schal oder Ähnliches, kann die Strangmarke manchmal fehlen oder lückenhaft sein. Die inneren Befunde sind jedoch eindeutig. Von Isenberg hat bei der Obduktion massive Einblutungen der Halsmuskulatur und Brüche am Zungenbein und Schildknorpel festgestellt.«

»Gibt es Abwehrspuren? Fremd-DNA unter den Fingernägeln?«, will Niklas wissen.

»Wohl negativ. Die Auswertung läuft noch. Der Täter muss sehr schnell gehandelt haben. Dann wird das Opfer sofort bewusstlos und leistet keine Gegenwehr.«

»Falls sich DNA-Spuren ergeben, müssen die ja nicht vom Täter stammen«, wirft Niklas ein.

»Sie sagen es. Es wird unsere Aufgabe sein, diesen Unterschied herauszufinden.«

»Was ist mit den zahlreichen Knochenbrüchen?«

»Wie bei der ersten Leichenschau festgestellt wurde, sind ihr diese alle nachträglich zugefügt worden. Ganz eindeutig musste der Körper des armen Mädchens auf die Koffergröße gebracht werden. Ihr Fuß war dann wohl zu viel und wurde einfach abgeschnitten.«

»Die Vorgehensweise lässt auf eine gewisse Verrohung des Täters schließen«, stellt Niklas fest.

Dann überlegt er kurz.

»Oder es sind mehrere Tatbeteiligte«, korrigiert er sich. »Die fast unsichtbare, eher dezent ausgeführte Erdrosselung und das brachiale Vorgehen bei der Beseitigung der Leiche passen für mich nicht zusammen.«

»Sind Sie auch noch Profiler beim BKA gewesen?« Gesa kann sich diese Bemerkung nicht verkneifen.

Bei der bunten Vita des neuen Kollegen wäre es kein Wunder.

»Nein. Das nicht. Es ist rein hypothetisch. Nur mein Gefühl.«

»Das lassen Sie bei der Arbeit lieber zu Hause und, wenn wir jetzt ausnahmsweise doch von unserem Gefühl ausgehen, sagt mir meines etwas völlig Gegensätzliches.«

»Ach ja?«

»Ganz ehrlich, Kollege Lux, es gehört schon einiges an Überwindung dazu, jemanden zu erdrosseln. Der Grad der Verrohung des Täters ist dabei bestimmt nicht geringer, als wenn er seinem Opfer später post mortem alle Knochen bricht. Der Mörder musste vorher minutenlang zuziehen, um das Mädchen zu töten.«

»Was ihm aber entschieden leichterfällt, wenn es bewusstlos ist. Dann sinkt die Hemmschwelle. Einige steigern sich dann dermaßen hinein, obwohl sie nicht sofort die Absicht hatten, jemanden umzubringen«, widerspricht Oberkommissar Lux seiner Chefin.

»Touché!«, sagt sie. Sie hat als Jugendliche erfolgreich gefochten und weiß, wann der andere einen Treffer gelandet hat.

Niklas lächelt.

»Remis würde ich sagen. Unsere Hypothesen haben beide etwas für sich.«

Ist Hypothese sein Lieblingswort? Hoffentlich findet er später auch Beweise.

»Wir sind in zehn Minuten zurück in der Dienststelle, Kollege Lux. Ich schlage vor, Sie rufen vorher meinen Schwager Gerd an, um sich wegen Ihres Gepäcks abzustimmen.«

Gesa grinst.

»Bevor der Ihr Fahrrad an seine Feriengäste verleiht«, sagt sie spitzbübisch. »Dem Schusselkopf traue ich das zu.«

Niklas erschrickt und greift sofort nach seinem Handy. Die Nummer des Schwagers hatte er ja wegen der Vermietung eingespeichert.

Gesa lehnt sich entspannt in ihren Autositz zurück und genießt die Aussicht. Jetzt, wo es um sein Fahrrad geht, zeigt der neue Oberkommissar tatsächlich das erste Mal so etwas wie Nervosität, amüsiert sie sich.

Ihre gute Laune ist zurück.

20. Kapitel

Feierabend!

Gesa wirft ihre Tasche auf den Sessel, streift sich die Pumps von den Füßen und lässt sich in die weichen Polster ihrer Couchlandschaft plumpsen.

Bier oder Wein?

Oder doch zuerst einen Tee?

Sie kann sich nicht entscheiden, mit welchem Getränk sie sich gleich auf ihre Terrasse hinter die Dünen setzen wird.

Wie soll sie diesen verrückten Tag am besten ausklingen lassen?

Gesa hört, dass der Schlüssel in der Haustür umgedreht wird und leichte Schritte über den Flur laufen.

Svenja!

Müsste sie nicht kellnern?

»Hallo, Mama!« Ihre Tochter stürmt auf Gesa zu und gibt ihr einen dicken Kuss auf die Wange. Sie ist ganz verschwitzt und knallrot im Gesicht.

Wahrscheinlich ist sie bei der Hitze wieder wie wild mit dem Fahrrad gerast, vermutet Gesa.

Sie freut sich. Nun muss sie den Abend doch nicht allein verbringen.

Svenja sieht die strahlenden Augen ihrer Mutter.

»Es tut mir leid«, sagt sie. »Bevor du mich gleich fragst, was wir beide essen wollen: Ich bleibe nicht lange. Eigentlich hätte ich ja Spätschicht in der Strandperle, aber ich habe mit Doreen getauscht.«

»Was hast du denn vor?«, fragt Gesa enttäuscht.

»Ich muss schnell unter die Dusche!«

Die Achtzehnjährige streift sich ihr Jeanskleid und die Unterwäsche ab und lässt alles auf den Dielenboden fallen. Dann läuft sie splitternackt ins Bad.

Gesa stöhnt leise.

»Vergiss bitte nicht, deine Sachen wegzuräumen!«, ruft sie Svenja hinterher und bückt sich doch kurz darauf selbst, um alles aufzuheben und in dem Wäschepuff vor dem Schlafzimmer zu verstauen.

Das Kind wird einfach nicht ordentlicher und ich nicht klüger.

Nach einer Weile kehrt Svenja im Bademantel zurück in das Wohnzimmer. Sie rubbelt sich mit einem Handtuch ihre Locken trocken.

»Darf ich deine weißen Sandaletten anziehen?«

»Aber nur, wenn du mir sagst, wo du hinwillst, mit wem und wann du zurückkehrst.«

»Jawohl, Frau Hauptkommissarin!« Svenja salutiert vor ihrer Mutter.

»Ich meine es ernst, Svenja. Solange wir zusammenwohnen, ist das nicht zu viel verlangt.«

»Nein. Aber du checkst jeden, den ich neu kennenlerne, sofort in deiner Verbrecherkartei.«

»Svenja, du weißt, dass das nicht wahr ist. Das darf

ich offiziell gar nicht.«

»Wo ein Wille ist, findet sich ein Grund oder Paragraph, Mama! Soll ich dir Beispiele aufzählen?«

»Nein danke, nicht nötig«, erwidert Gesa. »Ich habe mich doch bei dir entschuldigt. Warum bist du so nachtragend?«

Svenja bückt sich zu ihrer Mutter auf die Couch und umarmt sie.

»Bin ich nicht. Du hast recht. Die Sache ist erledigt.«

»Wo willst du denn nun hin, Kind?«

»Dein Kind fährt nach Kiel, um ins Kino zu gehen. Ich laufe zur Hauptstraße vor. Von dort werde ich abgeholt.«

Gesa setzt sich aufrecht hin: »Von wem?«

»Untersteh dich, mir hinterher zu spionieren!«, warnt Svenja.

Sie läuft zu ihrem Rucksack an der Garderobe, holt ihr Handy

und scrollt ein paar Fotos durch.

»Hier, das ist er! Mein Freund Christian. Er holt mich in einer Stunde ab. Sein Kumpel hat ihm das Auto geliehen.«

»Sieht sympathisch aus«, sagt Gesa und versucht,

sich das Bild des jungen Mannes einzuprägen.

Berufskrankheit.

»Er studiert Meeresbiologie.«

»Wie alt ist er denn?«

»Zweiundzwanzig.«

Svenja schaut auf die alte Pendeluhr an der Wand, ein Erbstück ihrer Großeltern.

»So, Ende der Vernehmung, Mama! Ich muss los. Darf ich nun deine weißen Schuhe anziehen?«

»Ja, nimm sie dir! Wann kommst du zurück?«

»Ich werde bei Christian in der WG übernachten und nehme morgen Vormittag den Bus nach Hause. Um 14 Uhr beginnt meine Schicht in der Strandperle.«

»Ist es zu viel verlangt, wenn ich nach seiner Adresse frage?«

»Ja, denn ich weiß sie selbst nicht. Schreibe dir später gern eine Nachricht dazu.«

Gesa nickt. »Das wäre lieb«, sagt sie und überlegt kurz.

»Wo hast du deinen Freund denn bisher getroffen? War er schon in unserem Haus?«

Svenja druckst etwas verlegen herum und schleicht um den Glastisch.

»Ja, einmal. Aber ich habe alles wieder aufgeräumt.«

»Svenja!«, schimpft Gesa. »Wir hatten eine Abmachung.«

»Er hat mich plötzlich besucht. Ganz ehrlich. An dem Abend, als du in Kiel im Hotel übernachtet hast.«

»Gut. Ist abgehakt. Wir wollen uns nicht streiten«, erwidert Gesa erschöpft. »Wenn er das nächste Mal hier aufkreuzt, stellst du ihn mir bitte vor!«

»Mach ich. Aber du fragst ihn dann nicht gleich aus.«

»Versprochen!« Gesa lacht. »Nun werd endlich fertig, sonst kommst du noch zu spät.«

Svenja läuft an ihrer Mutter vorbei in die offene Küche und reißt den Geschirrspüler auf.

»Sorry, Mama, ich habe es nicht mehr geschafft, das Geschirr auszuräumen«, entschuldigt sie sich und holt Christians Messer aus dem Besteckkörbchen der Spülmaschine.

Gesa schaut ihre Tochter an.

»Was ist denn das?«

»Ein Messer. Vorsicht, scharf! Ich muss es Christian heute unbedingt wieder mitbringen.«

»Bitte zeig es mir vorher!«, verlangt Gesa.

»Du wolltest dich doch sowieso endlich anziehen, dafür benötigst du es nicht«, sagt sie in einem Ton, von dem Svenja weiß, dass ihre resolute Mutter dann keinen Widerspruch duldet und auch schnell mal ihren Humor verliert.

Vorsichtig reicht sie ihr das scharfe Messer.

Gesa erkennt es sofort wieder. Es handelt sich um ein 25 cm langes Seziermesser mit geballter Klinge. Von Isenberg hatte ihr erst heute Morgen, bei der Obduktionsbesprechung, so ein Messer unter die Nase gehalten. Die Schnittkanten am Beinstumpf der Toten weisen auf die Verwendung dieses Fabrikats hin, hat er ihr erklärt. Es wird bevorzugt in der Pathologie oder auch in der Chirurgie für Amputationen verwendet.

Wie hypnotisiert betrachtet Gesa das Messer. Dessen kühler Griff fühlt sich seltsam heiß an und brennt in ihrer Hand. Das Gesicht der toten jungen Frau erscheint vor ihren Augen und sogleich überkommt sie erneut der Gedanke an die Ähnlichkeit mit ihrer Tochter.

Gesa wird blass. Sie setzt sich schnell auf einen Küchenstuhl.

»Mama? Was ist mit dir?«, fragt Svenja besorgt.

21. Kapitel

Christian streicht sich nervös durch die frisch geschnittenen Haare.

Irgendwie ungewohnt, dass die Seiten so kurz sind.

Wo bleibt Svenja denn?

Sein Blick streift über die Zeitanzeige auf der Edelholzkonsole des nagelneuen Mercedes Sportcoupé.

Mist! So spät schon?

Er muss den Wagen in einer Stunde zurückbringen. Sein Kumpel Peer arbeitet im Autohaus und hat ihm diese – nicht ganz legale – Probefahrt organisiert.

Mit der Spritztour über die Strandpromenade wird es jetzt wohl nichts mehr werden. Dass Frauen immer zu spät kommen müssen!

Christian klappt den Innenspiegel auf und zupft sich gelangweilt an seinem überlangen Pony herum.

Ständig hängt der ihm im Gesicht. Bei dem Preis hätte die Friseurin ruhig mehr Gel auftragen können. Na, wenigstens hat sie ihm die Augenbrauen vernünftig gezupft. So ganz dezent, dass es kaum auffällt.

Zufrieden fährt Christian mit dem Zeigefinger über seine rechte Braue … und zuckt erschrocken zusammen.

Ein schauriges Lachen hallt von der Rückbank aus seiner Jackentasche.

Verdammt, der neue Klingelton ist wirklich fies!

Christian angelt nach der Jacke und holt sein Handy heraus.

»Was gibt's, Julian?«, sagt er genervt. »Ich bin heute verplant.«

»Weiber?«

»Eine.«

»Oh, was ist mit dir los? Schwächelst du oder ist es was Ernstes?«

»Lass mich in Ruhe!«

»Das geht leider nicht, mein Lieber.«

»Was willst du?«

»Du musst mir helfen.«

»Ich wüsste nicht, warum?«, antwortet Christian und seine hellen Augen blicken kühl.

»Nun tu bloß nicht so unschuldig.«

»Julian! Es reicht. Versau mir nicht den Abend.«

Es klopft an der Fensterscheibe.

Svenja! Na endlich.

»Sie ist da. Mach's gut, Alter. Wir reden demnächst.«

»Aber …«

Christian beendet das Gespräch und öffnet die Beifahrertür.

»Da bist du ja!«

Svenja lässt sich in das schwarze Lederpolster fallen.

»Hast du mein Messer mitgebracht?«, will ihr Freund sofort wissen. »Entschuldige, dass ich gleich danach frage. Aber wenn wir erstmal losgefahren sind …«

Sie nickt.

»Was hast du denn, Süße? Weinst du?«

Christian beugt sich zu Svenja und küsst ihren Hals.

»Na siehst du«, flüstert er, als er merkt, dass sie sich entspannt. »Mit mir vergisst du jeden Ärger sofort.«

22. Kapitel

»Schön, dass es dir schmeckt?«, sagt Trude. »Du kannst gern einen zweiten Nachschlag bekommen.«

»Uff!« Niklas hält sich den Bauch. »Mehr schaffe ich

beim besten Willen nicht.«

Trude reicht ihm eine Stoffserviette.

»Hier, wisch mal ab! Du hast Senfsoße am Kinn.«

Sie lacht.

Niklas gießt Rotwein in die Gläser nach.

»Auf dein Wohl, Trude! Dein Pannfisch ist wirklich köstlich.«

»Das freut mich. Vor allem, dass du heute Abend Zeit hast, mit mir zu essen.«

Trude droht Niklas mit dem Zeigefinger: »Du siehst ja, was passiert, wenn du dich nachts allein am Hafen herumtreibst.«

Sie zeigt auf Niklas' blaues Auge.

»Das war Zufall, Trude.«

»Ach ja? Also ich finde, dass es immer schlimmer wird mit den Verbrechen. Auch bei uns an der beschaulichen Küste. Wenn ich da an meine besten Jahre mit Kurt denke …«

»Die Kriminalstatistik beweist etwas anderes. Gerade die schweren Fälle mit Körperverletzung und Todesfolge sind seit Jahrzehnten rückläufig«, versucht Niklas die aufgeregte Trude zu beruhigen.

Doch sie steht auf und zieht eine Zeitung aus dem

Stapel auf dem Sideboard.

Dann schiebt sie in Windeseile das Geschirr auf dem Esstisch zusammen.

»Ich kann gern abräumen«, meint Niklas und greift nach der Soßenschüssel.

»Bleib bitte sitzen!« Trude drückt seinen Arm herunter.

»Der Abwasch hat Zeit. Schau lieber mal hier rein!«

Sie hält ihm die Zeitung vor die Nase.

»Dann weißt du, was ich meine. Eine solche Sauerei hat es zu meiner Jugendzeit nicht gegeben. Natürlich waren auch ein paar Dreckskerle dabei. Die wurden dann von den anderen Jungen anständig vermöbelt, wenn einer zu weit gegangen war, und gut wars. Aber so etwas …!«

Trude redet sich in Rage.

Niklas schafft es kaum, sie zu besänftigen.

»Worum geht es denn genau?«, fragt er, während ihm seine Wirtin mit der reißerisch aufgemachten »Ostseebild« vor dem Gesicht herumfuchtelt.

»Um eine Riesenschweinerei!«

»Nun setz dich, Trude, und trink einen Schluck Rotwein!«, bittet Niklas sie und nimmt ihr die Zeitung behutsam aus der Hand.

Er überfliegt sofort die Schlagzeilen. Die Zeitung ist schon älter. Die Nackedeis auf dem Titel kann sie doch nicht gemeint haben? So prüde schätzt er Trude nicht ein.

»Vorletzte Seite!«, sagt sie und nimmt einen großen Schluck Wein. »Im Regionalteil, da steht es.«

Niklas setzt sich seine Lesebrille auf.

»Passt zu dir!«, meint Trude fröhlich.

Sie hat sich zum Glück wieder beruhigt.

Aber Niklas' Neugier ist geweckt.

Was hat die alte, lebenserfahrene Dame denn nur so aus der Fassung gebracht?

Mittwoch

23. Kapitel

»Guten Morgen!«, begrüßt Niklas am nächsten Tag seine Kollegen Stefan und Lisa.

»Moin, Herr Oberkommissar!«, entgegnet ihm Kriminalmeister Stefan Voß freundlich. Seit der Neue sich schon in der ersten Nacht an der Küste ein Veilchen geholt hat, ist er in Stefans Ansehen ein paar Stufen höher geklettert.

»Ihr PC fährt seit zehn Minuten hoch«, sagt er zu Niklas. »Ich habe ihn vorsichtshalber gleich mit eingeschaltet, als ich gekommen bin. Lasse hat ja heute frei.«

»Danke, das ist nett. Ist die Chefin schon da?«

Lisa kehrt mit einem Kaffee aus der kleinen Küche zurück.

»Hauptkommissarin Bähr war heute als Erste in der Dienststelle«, beantwortet sie Niklas' Frage. »Sie sitzt in ihrem Büro. Aber Vorsicht! Sie hat von 365 Tagen im Jahr höchstens an einem richtig miese Laune. Heute scheint genau dieser Tag zu sein.«

»Okay«, Niklas zuckt mit den Schultern. »Dann hole

ich mir lieber erst einen Kaffee.«

»Herein!«, ruft Gesa. Ihre Stimme klingt heiser.

Niklas Lux betritt das Zimmer seiner Chefin. Hauptkommissarin Bähr blättert beschäftigt in einer Akte. Auf ihrem Tisch liegen mehrere davon verstreut.

»Guten Morgen!«, grüßt Niklas freundlich.

»Ja, hallo! Setzen Sie sich doch, bitte!« Gesa zeigt auf den Besucherstuhl, der schräg vor ihrem Schreibtisch steht.

»Gibt es etwas Neues? Wie ist Ihr gestriges Gespräch mit Hauke verlaufen?«, will sie wissen.

»Leider gar nicht«, gibt Niklas unumwunden zu. »Er war nicht erreichbar. Seine Kollegin aus der Meeresbiologischen Station hat behauptet, er sei zum Aquarium Geomar nach Kiel gefahren, um denen Seesterne zu bringen. Ich habe das überprüft. Es war eine Ausrede.«

Gesa hebt den Kopf und sieht Niklas erwartungsvoll an.

Sie hat dunkle Augenringe. Wirkt irgendwie bedrückt.

»Und?«, fragt sie.

»Daraufhin habe ich die Mitarbeiterin aus der Meeresstation zur Rede gestellt. Sie blieb aber dabei, dass

Hauke Bergen zum Geomar wollte.«

»Nun kommen Sie endlich zur Sache! Haben Sie denn nun mit Hauke gesprochen?«, fragt Gesa gereizt. »Mein Platz liegt voller Arbeit, die läuft nicht so einfach weg.«

Sie verhält sich heute wirklich merkwürdig.

»Entschuldigung«, sagt Niklas, »ich dachte nur, weil Sie schon so lange mit Hauke bekannt sind, habe ich …«

»Ich kann Privates und Berufliches gut trennen!«, unterbricht Gesa ihn mit schneidender Stimme. »Hätte ich Sie sonst Ihrem Verdacht gegenüber Hauke weiter nachgehen lassen? Schließlich ist jede Ermittlungsminute kostbare Zeit.«

Oh Mann! Sie ist tatsächlich megaschlecht gelaunt.

»Ich bin ganz Ihrer Meinung. Deswegen werde ich Hauke Bergen auch sofort zur Fahndung ausschreiben lassen«, antwortet Niklas.

»Moment! Da habe ich ein Wörtchen mitzureden.«

»Sicher. Deshalb bin ich zu Ihnen gekommen und habe die Fahndung nicht gleich heute morgen veranlasst. Ich kann Herrn Bergen telefonisch nicht erreichen. Seit sechs Uhr bin ich auf den Beinen, um ihn vielleicht am Hafen anzutreffen. Angeblich hält er sich dort in der Früh auf und hilft den Fischern beim Entladen.«

»Ich muss nicht lange raten«, meint Gesa versöhnlich, »Hauke ist nicht am Hafen gewesen?«

»Nein, leider nicht. Er ist verschwunden. Ich bin mit meinem Fahrrad alles abgefahren: seine Wohnung, die Meeresbiologische Station, den Hafen, sogar zwei Kneipen und einen Kiosk. Zum Glück habe ich das Rad gestern noch von Ihrem Schwager abgeholt. Übrigens, vielen Dank, dass ich meine Umzugskartons in Ihrer Garage lagern darf, bis das Ferienhaus wieder frei ist.«

»Waas?«, ruft Gesa.

Niklas verzieht peinlich berührt das Gesicht.

»Ihr Schwager bringt die Sachen heute Vormittag dorthin. Er versicherte mir, Sie hätten nichts dagegen. Ihr Dienstwagen würde sowieso immer draußen stehen.«

Gesa winkt ab. »Ja, soll er machen! Das ist nun wirklich mein geringstes Problem.«

Niklas überlegt, ob er seine Chefin nach dem größeren fragen soll. Aber er kennt die Hauptkommissarin noch nicht gut genug und lässt es lieber.

Es klopft.

Kriminalobermeisterin Rückert steckt ihren blonden Haarschopf hindurch.

»Lisa? Was gibt es?«, fragt Gesa, die ihre Teammitglieder zwar siezt, bei der direkten Anrede aber mit deren Vornamen anspricht.

Lisa legt sofort los.

»Ich hatte ja an alle Abteilungen ein Foto des Opfers gesendet, mit der Bitte um Hilfe bei der Identifizierung. Die Sitte hat uns nun ein paar Bilder weitergeleitet. Sie haben diese im Rahmen einer Internetrazzia von der Cybercrime erhalten. Eines zeigt unser Opfer, und zwar nicht allein.«

»Ist nicht wahr?« Gesa springt vom Stuhl auf. »Endlich eine Spur!«

Niklas bleibt gefasst.

»Die Fahndung nach Hauke Bergen gebe ich trotzdem raus.«

»Meinen Segen haben Sie«, sagt Gesa. »Dem Sturkopf ist ja nicht anders zu helfen. Dem werde ich was erzählen.«

Lisas Finger wandern in Windeseile über die Tastatur ihres Computers. Für ihre gespannten Kollegen dauert die halbe Minute, die sie benötigt, um den Zugang zu dem geschützten Portal zu erreichen, ewig. Noch zweimal klicken und »Bing!«, das besagte Foto erscheint.

»Du lieber Himmel!«, ruft Gesa.

Niklas und Lisa sehen sich verwundert an.

Was ist heute nur mit der Bähr los?

Stefan Voß, der dabei ist, den Fahndungsaufruf für Hauke Bergen vorzubereiten, ruft von seinem Platz: »Gibt es was Außergewöhnliches zu begucken?«

Das nun nicht gerade, denkt Niklas. Er versteht die Reaktion seiner Chefin nicht.

Auf dem Foto ist das Opfer in eindeutiger Pose beim Geschlechtsverkehr mit einem jungen Mann zu sehen. Die Gesichter der beiden sind sehr gut zu erkennen.

Gesa hat ihre Fassung zurückgewonnen.

»Drucken Sie das Bild bitte zweimal aus, Lisa! Ich hole mir nachher eines davon ab. Danke schön.«

Dann läuft sie zurück in ihr Büro.

Niklas will ihr folgen.

»Lieber nicht!«, meint Lisa. »Ich sagte ja bereits, sie hat heute ihren schwarzen Tag. Aber der geht vorbei.«

24. Kapitel

Auf dem Weg zur Küche hat es sich Oberkommissar Lux doch anders überlegt. Er klopft an Gesas Tür.

»Ja!«, hört er sie leise sagen und geht hinein.

»Dacht' ich's mir doch, dass Sie hinterherkommen.«

»Frau Hauptkommissarin, ich mache mir Sorgen. Was ist los mit Ihnen? Auch wenn die junge Frau inzwischen tot und der Mann eventuell der Täter ist, bringt Sie so eine eher harmlose Aufnahme nicht ohne Grund aus der Fassung?«

Gesa schnieft ungeniert in ihr Taschentuch.

»Bei dem Mann handelt sich um den neuen Freund meiner Tochter«, platzt es aus ihr heraus.

Sie presst ihre Fäuste zusammen und hat Mühe, die Tränen zurückzuhalten.

»Ach du Scheiße!«, kommt es Niklas spontan über die Lippen.

Das ist ein Hammer. Man wird ihr womöglich den Fall entziehen.

»Das muss vorerst unter uns bleiben, Herr Oberkommissar.«

»Ich verstehe Ihre Sorge, aber wie stellen Sie sich das vor? Der junge Mann ist unsere einzige Spur. Vielleicht ist alles ganz unverfänglich. Heutzutage laden viele Wichtigtuer etwas im Internet hoch. Da sind sämtliche Tabus gefallen. Fragen Sie einfach Ihre Tochter nach seiner Adresse. Oder kennen Sie die bereits?«

Gesa schüttelt mit dem Kopf.

Sie ist trotz ihrer Bräune kreidebleich geworden. Die vielen kleinen Sommersprossen in ihrem Gesicht springen förmlich hervor.

»So einfach ist das leider nicht«, sagt sie.

Es klingt verzweifelt.

»Und wie kompliziert ist es dann?«, fragt Niklas und gießt Gesa ein Glas Wasser ein.

»Erzählen Sie der Reihe nach. Aber zuerst trinken Sie etwas, bevor Sie mir noch aus den Sandalen kippen.«

Das Telefon der Hauptkommissarin klingelt.

Niklas nimmt ab. »Oberkommissar Lux, Apparat Bähr.«

»Polizeimeister Iversen aus dem Erdgeschoss. Euer Besuch ist da, eine Henrike Peters. Soll ich sie ins Vernehmungszimmer bringen?«

»Besucherzimmer reicht«, meint Niklas.

»Das ist bei uns ein und derselbe Raum, Kollege!« Iversen lacht. »Man merkt, dass Sie neu sind«, ein leiser Vorwurf legt sich in seine Stimme, »und dass Sie uns bisher nicht besucht haben.«

Niklas wird rot. Verdammt, der Polizist hat recht. Er hätte wenigstens guten Tag sagen müssen.

»Entschuldigung! Ich will nicht lange nach Ausreden suchen.«

»Dann passt du zu uns. Klare Kante, klares Wort.«

»Ein Vorschlag zur Güte, Freitagabend in der Hafenschenke gebe ich einen aus«, sagt Niklas erleichtert.

»Angenommen! Was ist mit der Frau Peters, kommen Sie zur Befragung oder die Bärin persönlich?« Polizeimeister Iversen ist sofort wieder zum dienstlichen »Sie« übergegangen.

»Ich bin in spätestens zehn Minuten da«, antwortet Niklas.

»Okay, dann halte ich die Dame mit einem Kaffee bei Laune.«

»Sie trinkt Kakao.«

»Mit Schlagsahne oder ohne?«, fragt Iversen und lacht laut. »Mensch, ich bin froh, dass die Kaffeemaschine wieder läuft. Wo soll ich jetzt Kakao herbekommen?«

Hauptkommissarin Bähr, die das Gespräch wenigstens von einer Seite her verfolgen konnte, schüttelt amüsiert den Kopf.

Der Neue muss noch einiges lernen.

Niklas legt auf.

Mann, war das eine Blamage.

»Leider sind wir unterbrochen worden, Frau Hauptkommissarin. Ich gehe in Kürze nach unten und befrage Henrike Peters. Bitte erzählen Sie mir vorher alles, was ich über die Rolle Ihrer Tochter in unserem Fall wissen muss.«

Gesa nickt. Sie berichtet Niklas von dem Streit mit Svenja und dass ihre Tochter daraufhin wütend das Haus verlassen hat. Es ging um das Seziermesser, welches Gesa ihr nicht zurückgeben wollte.

»Aber nach dem Spülgang sind alle verwertbaren

Spuren ohnehin vernichtet«, wirft Niklas ein.

»Das weiß ich selbst. Trotzdem könnte es ein Indiz sein. Jetzt ärgere ich mich doppelt. Der Typ besitzt nicht nur genauso ein Messer, mit dem Luise Reinhardt der Fuß abgetrennt wurde, sondern war auch noch mit ihr intim.«

Auf Gesas blasser Stirn bilden sich Schweißtropfen.

»Wir werden ihn finden!«, beruhigt Niklas seine aufgebrachte Chefin.

»Svenja wollte mir seine Adresse schreiben, wenn sie angekommen ist. Das hat sie nicht getan. Sie ist sauer auf mich.«

»Wir könnten ihr Handy orten lassen.«

»Das habe ich heute Morgen bereits veranlasst«, gibt Gesa zu.

»Verstehe«, sagt Niklas. »Aber es ist ausgeschaltet.«

»Ja.«

Niklas schaut auf die Uhr. Er ist beunruhigt, aber er lässt sich Gesa gegenüber nichts anmerken.

»Vielleicht schläft sie noch«, tröstet er sie. »Es ist erst 10 Uhr. Svenja wollte doch abends ausgehen.«

»Schon möglich.« Gesas Stimme zittert. »In vier Stunden müsste sie in der Strandperle kellnern. Wenn sie dort nicht erscheint … Kollege Lux.«

Verzweifelt schlägt sie die Hände vors Gesicht.

Niklas gießt ihr frisches Wasser nach.

»Wir konzentrieren unsere Suche zuerst auf diesen Christian«, sagt er, »wenn er in Kiel Meeresbiologie studiert, müsste er doch in der Uni eingetragen sein.«

»Ja, ich kümmere mich sofort um eine Auskunft, während Sie Henrike Peters befragen. Hoffentlich hat der Typ Svenja die Wahrheit gesagt. Vielleicht ist er aber auch einer von diesen Loverboys …«

Niklas weiß genau, von welcher Art Männern Hauptkommissarin Bähr spricht, und er kann ihre Angst nicht nur fühlen, sondern nachvollziehen.

Trotzdem sagt er: »Svenja hat doch von sezierten Fischen und Strandexkursionen erzählt. Das hat ihr Freund bestimmt nicht alles inszeniert.«

25. Kapitel

Henrike Peters knetet nervös ihre Hände.

Das Glas Wasser, das vor ihr auf dem Tisch steht, hat sie bisher nicht angerührt.

Oberkommissar Lux betritt den spartanisch eingerichteten Raum und setzt sich ihr gegenüber.

»Na endlich!«, sagt Henrike. »Darf ich hier rauchen?«

»Leider nein.«

Hätte ich bloß draußen gewartet, ärgert sie sich.

»Frau Peters, ich möchte Ihnen als Erstes ein Bild zeigen«, erklärt Niklas Lux ihr und legt Henrike den Ausschnitt mit dem Gesicht des verdächtigen jungen Mannes auf den Tisch.

»Kennen Sie den oder haben Sie ihn schon einmal gesehen? Auf einer Party vielleicht?«

»Ich bin keine große Partygängerin. Sieht komisch aus, der Typ. Der guckt wie …«

»Also kommt er Ihnen bekannt vor.«

»Nein, aber sein Blick.«

Niklas runzelt irritiert die Brauen: »Wie meinen Sie das?«

Henrike trinkt nun doch einen Schluck Wasser. »Das ist mir jetzt ein wenig peinlich, Herr Kommissar.«

»Muss es nicht, Frau Peters. Erzählen Sie bitte geradeheraus, an wen Sie der Mann erinnert.«

Henrike beugt sich zu ihm über den Tisch.

»Schauen Sie keine Liebesfilme oder Filme, bei denen ein bisschen mehr, na Sie wissen schon, zu sehen ist?«, fragt sie. »Genauso guckt der. Als ob er mitten bei der Sache wäre. Ist er Schauspieler?«

Oberkommissar Lux kennt ja das gesamte Bild und ist erstaunt über das gute Einschätzungsvermögen der jungen Frau. Sie hat den Gesichtsausdruck des Mannes sofort richtig interpretiert.

Er überlegt, ob Henrike ihre Unbekümmertheit nur spielt oder ob sie diesen Christian, wenn er denn so heißt, wirklich nicht kennt.

»Frau Peters, ich möchte noch einmal auf das Geld zu sprechen kommen, das Luise Reinhardt erwartete.«

Henrike fällt ihm sogleich ins Wort: »Sie ist, äh, war keine Erpresserin! Im Gegenteil, ich kenne niemanden, der gerechtigkeitsliebender und ehrlicher war als Luise.«

Tränen der Wut füllen die großen braunen Augen der jungen Verkäuferin.

»Sie erwähnten aber bei unserem letzten Gespräch, dass sich Ihre Freundin nichts gefallen lassen würde«, bohrt Niklas nach.

»Ja, das ist richtig. Ich glaube, sie wollte zu einem

Anwalt und alles auffliegen lassen. Es muss mit dem Zimmer zusammenhängen, in dem Luise vorher gewohnt hat.«

»Bitte erinnern Sie sich! Jedes Detail ist wichtig, damit wir die Adresse herausfinden können. Was hat Luise Ihnen über diese Wohnung erzählt? Auch indirekt. Hat sie sich zum Beispiel über Baustellenlärm beschwert oder von der schönen Aussicht geschwärmt? Wurde sie von Kirchengeläut geweckt?«

»Was Sie alles wissen wollen«, staunt Henrike.

Plötzlich klopft es an der Tür des Besucherraumes.

Polizeimeister Iversen steckt seinen Kopf hinein und reicht Niklas ein gefaltetes Blatt Papier.

»Nachricht von oben!«, sagt er und zeigt an die Decke. »Soll ich Ihnen von der Bähr geben. Es wäre wichtig.«

»Danke schön!«

Niklas nimmt den Zettel und liest die Notiz seiner Chefin.

Die Überprüfung von Henrike Peters hat verdächtige Kontobewegungen ergeben. Es wurden vor zwei Wochen mehrfach hohe Barbeträge eingezahlt. Insgesamt 3000 Euro.

Na, das ist ja ein Ding! Da hat ihn sein Gefühl nicht

getäuscht. Die junge Dame verbirgt doch etwas vor ihm. Womöglich hängt sie sogar in dem Mord mit drinnen.

Oberkommissar Lux konfrontiert Henrike sofort mit den neuen Informationen.

Sie schweigt zuerst.

Nach einer Weile sagt sie: »Das geht Sie gar nichts an, womit ich mein Geld verdiene.«

»Bei Mord geht mich alles etwas an, Frau Peters. Ich glaube, Sie sind eine fleißige Supermarktverkäuferin und verdienen sicher mehr, als Sie letztendlich am Monatsende erhalten. Doch das ist nicht Gegenstand meiner Ermittlungen.«

»Kann ich jetzt rauchen?«

»Draußen, auf dem Hof. Aber nur, wenn Sie mir vorher sagen, von wem und wofür Sie das viele Geld bekommen haben.«

»Das ist Erpressung«, mault Henrike.

»Mein Stichwort«, kontert Niklas Lux. »Woher haben Sie die 3000 Euro?« Er erhöht den Druck. »Raus mit der Sprache!«, fordert er. »Es handelt sich hier um Mord und spätestens jetzt sind Sie mit verdächtig.«

»Von Julian«, stammelt Henrike erschrocken.

Sie hat doch nichts mit Luises Tod zu tun.

»Julian wer? Den Nachnamen bitte!«

»Julian von Isenberg.«

Niklas horcht auf. So heißt doch der Pathologe aus Lübeck. Wie oft gibt es den Namen hier oben an der Küste? Handelt es sich um ein altes Adelsgeschlecht oder Zufall?

»Na bitte, geht doch«, sagt er zu Henrike. »Je schneller Sie mir erzählen, was Sie wissen, desto eher gehen wir raus und Sie dürfen rauchen.«

»Wir?«

»Ja, ich möchte Sie gleich noch erkennungsdienstlich behandeln lassen. Außerdem werde ich eine Kollegin zu uns bitten. Wir werden die weitere Befragung aufnehmen und anschließend ein Protokoll anfertigen. Vorher werde ich Sie selbstverständlich über Ihre Rechte aufklären.«

Henrike sieht ihn entsetzt an.

Was ist aus dem netten Kommissar von gestern geworden?

26. Kapitel

Julian öffnet das Küchenfenster seiner Altbauwohnung. Er blickt direkt auf die Kieler Förde, deren Wasser dunkelblau im Sonnenlicht glitzert.

»Strandwetter, lass uns mal die Sachen zusammenpacken!«, sagt er. »Was ist mit der Kleinen?«

»Die pennt immer noch wie ein Stein«, antwortet Christian und gähnt.

»Kein Wunder«, meint Julian, »bei den Promille, die sie heute Nacht in sich reingeschüttet hat. Bist du überhaupt zum Zug gekommen?«

Christian beantwortet die Frage nicht.

»Sie hat Stress mit ihrer Mutter.«

Julian stellt den Kaffeeautomaten an. Ein sündhaft teures Modell. »Warum denn?«, fragt er.

»Das wollte sie mir nicht sagen.«

»Sitzt die Alte zu Hause und bewacht das hübsche Töchterchen?«

»Ne, die ist ziemlich beschäftigt und ständig unterwegs. Ich glaube, sie arbeitet in der Apotheke. Oder nee, das waren die toten Großeltern. Die sind bei einem Autounfall ums Leben gekommen.«

»Traurige Geschichte. Willst du Cappuccino oder Latte macchiato?«

»Am liebsten beides.«

»Okay.«

Julian greift nach den Kaffeetassen im Wandschrank. Er ist fahrig und streift einen Stapel Teller. Einer segelt an Christians Kopf vorbei und zersplittert auf den Küchenfliesen.

Sein Freund erschrickt und springt auf.

»Was ist denn mit dir los, Juli?«, ruft er. »Warum bist du so nervös?«

»Als ob du das nicht wüsstest. Können wir darüber nicht noch mal ins Gespräch kommen?«, bittet Julian.

»Ich denke, dein Onkel hat alles klären können.« Christian rekelt sich. »Tja, Geld regiert die Welt«, sagt er, »sei froh, dass du auf so einem großen Haufen Kohle geboren wurdest. Ich musste mein Schicksal bisher immer selbst in die Hand nehmen.«

»Du irrst dich, als ein von Isenberg habe ich es auch nicht immer leicht.«

»Wenn ich Zeit habe, bedauere ich dich!«, antwortet

Christian. »Ich schau mal nach Svenja. Bin heute Nacht ein wenig zu kurz gekommen.«

Julian schüttelt den Kopf. Er holt sich Handfeger und Schaufel aus dem Besenschrank und kehrt die Tellerscherben zusammen. *Christian und die Weiber.*

Wie macht der das bloß? Obwohl Julian der Meinung ist, dass er mit seinen dichten blonden Locken und dem durchtrainierten Oberkörper optisch überzeugender wirkt als sein Freund, hat er den internen Wettbewerb haushoch verloren. Da hat ihm auch sein vieles Geld bisher nicht geholfen.

Christian kehrt zurück. Er zieht sich die Boxershorts ein Stückchen höher. »Nichts zu machen mit der Schönen. Sie liegt da wie tot.«

»Mach keinen Scheiß! Hast du ihr was von deinem Zeug gegeben?«

»Beruhige dich. Ich hab alles im Griff.«

Christian schlürft hörbar seinen Cappuccino.

Julian schleicht jetzt um ihn herum wie ein Hündchen.

»Ich muss dir etwas beichten«, sagt er.

»Soll ich mein Priestergewand holen?« Christian klopft sich vor Lachen auf die nackten Schenkel.

Gleich wird ihm das Spotten vergehen, denkt Julian und zündet sich eine Zigarette an.

»Chris, ich hatte nicht nur in meiner Wohnung am Hafen, sondern auch in unserem Gästezimmer eine Kamera installiert«, erklärt er seinem verdutzten Freund.

»Waaas, du elender Spanner!«

»Es tut mir leid. Ehrlich.«

»Und, hast du dir bei mir was abgucken können?«, fragt Christian höhnisch.

Plötzlich wird er blass. Ihm fällt die Geschichte mit Julians zweiter Eigentumswohnung ein. »Nein!«, schreit er. »Du hast doch nicht etwa …«

»Nur ein einziges Bild. Das ist mir aus Versehen durchgerutscht. Es war keine Absicht. Ich habe inzwischen alle Aufnahmen gelöscht. Ich hatte doch genug Ärger mit der anderen Wohnung.«

»Wann war das?«, schnaubt Christian. Er ist hochrot vor Wut.

»Weiß ich nicht mehr so genau, vor sechs Wochen ungefähr. Als ich das Zimmer noch an die hübsche lockige Kellnerin Luise vergeben hatte. Deine Neue sieht der übrigens verdammt ähnlich.«

»Halt die Fresse!«, herrscht Christian seinen Freund an. Seine Augen funkeln böse. Er greift nach dem Brotmesser.

»Am liebsten würde ich dich jetzt abstechen, du Schwein!«

27. Kapitel

Hauptkommissarin Bähr ist hochkonzentriert. Seit Stunden funktioniert sie nur noch. Die Sorge um ihre Tochter treibt ihren Puls in die Höhe.

Das ganze Team arbeitet mit Hochdruck, nachdem Henrike Peters im Gespräch mit Oberkommissar Lux den Namen ihres Geldgebers preisgegeben hat.

Stefan Voß steckt den Kopf durch die Zimmertür. Gesa hat diese offengelassen.

»Wir haben ihn, Chefin! Julian von Isenberg wohnt in Kiel, Hinter dem Schlossgarten 31.«

Beste Lage. Teure Eigentumswohnungen mit Wasserblick.

Gesas Telefon klingelt.

Die Geschäftsstelle der Uni Kiel meldet sich zurück. Endlich.

»Bei uns ist ein Christian Köhler als Student der Meeresbiologie immatrikuliert. Er wohnt in Kiel, Hinter dem Schlossgarten 31.«

»Waas?«, ruft Gesa in den Hörer. »Würden Sie die Adresse bitte wiederholen!«

Die Sekretärin am anderen Ende versteht Gesas Verwunderung falsch und antwortet: »An unserer Universität sind einige wohlhabende Studenten eingeschrieben. Die können sich die Wohnungen dort leisten.«

»Ja, ist schon gut. Vielen Dank für Ihre Mühe!« Gesa legt auf.

Sie hat nicht mehr viel Zeit.

»Stefan!«, ruft sie. »Wir schlagen zwei Schmeißfliegen mit einer Klappe. Der Typ auf dem Foto mit unserem Opfer heißt Christian Köhler und ist in der Uni unter derselben Adresse wie Julian von Isenberg gemeldet.«

»Chapeau, Chefin! Wie haben Sie das denn so schnell rausbekommen?«

Gesa wird verlegen.

»Ich hab da so meine Beziehungen.«

Kriminalmeister Voß hebt die Arme. »Alles klar. Ich

frag nicht weiter nach.«

Gesa sieht auf die Uhr.

In dreißig Minuten beginnt Svenjas Schicht in der Strandperle. Hält sich ihre Tochter noch in der Wohnung ihres Freundes auf? Oder ist sie auf dem Weg zur Arbeit? Gesa weiß es nicht, Svenjas Handy ist ja ausgeschaltet.

Was ist jetzt wohl am klügsten?

Nach Kiel fahren? Die Polizei vor Ort wäre sicher schneller.

»Frau Hauptkommissarin! Wie gehen wir weiter vor?«, drängelt Stefan Voß.

Türen klappern, Stimmen schwirren durch den Flur. Niklas Lux und Lisa Rückert sind von der Befragung der Zeugin Henrike Peters zurückgekehrt und unterhalten sich aufgeregt.

Gesa muss sich entscheiden.

»Rufen Sie jetzt in Kiel an, Stefan!«, bittet sie Kriminalmeister Voß. »Die Kollegen müssen sofort eine Streife zu der besagten Adresse schicken! Gefahr im Verzug. Die sollen sich gründlich umsehen und direkt mit mir Kontakt aufnehmen, sobald sie die Lage vor

Ort gecheckt haben. Ich versuche einen Durchsuchungsbeschluss zu erwirken, aber das Foto ist als Beweismittel gegen Christian Köhler wahrscheinlich zu dürftig.«

»Der Sex auf dem Bild sieht eher einvernehmlich aus«, bestätigt Stefan Voß. »Wir könnten ihn aber zur Klärung eines Sachverhalts vorladen, es geht um Mord.«

»Das ist das Mindeste. Ich will die beiden jungen Männer auf jeden Fall befragen. Bereiten Sie alles vor, Stefan, und halten Sie mich auf dem Laufenden.«

Niklas Lux und Lisa Rückert stürmen in das kleine Büro der Hauptkommissarin.

»Es gibt Neuigkeiten, Chefin! Julian von Isenberg hatte das intime Foto mit unserem Opfer Luise Reinhardt im Internet auf einer Bezahlplattform hochgeladen. Dort tummeln sich diverse sogenannte Homestorys mit privaten Sexfilmchen und -bildern«, erzählt Lisa.

»Henrike Peters hat endlich reinen Tisch gemacht«, bestätigt Niklas. »Die 3000 Euro waren eigentlich für Luise bestimmt, aber die wollte das Geld nicht annehmen. Henrike hat es dann einfach auf ihr eigenes

Konto eingezahlt. Luise wollte lieber einen Anwalt einschalten und Julian von Isenberg verklagen. Angeblich kannte sie jemanden, der sich mit diesen Straftaten auskennt.«

»Dann hat dieser Julian ein Motiv. Das reicht für einen vorläufigen Haftbefehl«, sagt Gesa.

Kriminalobermeisterin Rückert nickt. »Henrike Peters hat noch vor Luises Verschwinden versucht, sie zu überzeugen, auf Julians Angebot einzugehen. Diese meinte jedoch, sie würde ein Vielfaches an Entschädigung erhalten. Außerdem müsste man solche wie Julian, die glauben, mit Geld alles regeln zu können, zur Rechenschaft ziehen.«

»Luise Reinhardt besaß wohl ein hohes Gerechtigkeitsempfinden«, ergänzt Oberkommissar Lux.

»Musste das arme Mädchen deshalb sterben?«, fragt Gesa leise und sieht gedankenversunken auf die Uhr. Es wird Zeit.

Lisa verabschiedet sich jetzt auch. Sie hält das Aufnahmegerät in ihrer Hand hoch.

»Da wartet noch Arbeit auf mich. Ich setz mich mal an meinen Schreibtisch und kümmere mich um das Protokoll«, sagt sie. »Henrike Peters wartet bei den

Kollegen der Schutzpolizei. Sie muss später noch unterschreiben und darf anschließend nach Hause, oder?«

»Ja. Sie soll sich zu unserer Verfügung halten«, antwortet Gesa. »Danke, Lisa! Ich fahre jetzt los zur Strandperle, wegen Hauke. Oberkommissar Lux weiß Bescheid«, behauptet sie und zwinkert Niklas hinter Lisas Rücken zu.

Er weiß es nicht, aber nickt trotzdem brav.

Wahrscheinlich hofft sie, in der Strandperle ihre Tochter anzutreffen.

Niklas hofft mit ihr. Nicht auszumalen, wo das Mädel womöglich hineingeraten ist.

»Marion, die Köchin der Strandperle, ist seit einem Jahr Haukes neue Freundin«, verrät Gesa ihm. »Vielleicht hilft sie uns und hält Hauke von einer weiteren Dummheit ab oder ahnt, wo er sich versteckt hält. Ich werde sie befragen.«

Niklas versteht nicht, warum seine Chefin als erfahrene Kriminalistin die Tatbeteiligung Hauke Bergens so vehement ausschließt. Nur weil sie mit ihm zur Schule gegangen ist?

28. Kapitel

»Ich drehe kurz eine Runde, bin in dreißig Minuten zurück«, verabschiedet sich Oberkommissar Lux von Lisa und Stefan.

Er ist müde und braucht dringend frische Luft, um den Kopf wieder freizubekommen. Es ist zwar nicht einmal 14 Uhr, aber er war bereits um 6 Uhr in der Früh am Hafen, um nach Hauke Bergen zu suchen.

»Soll ich etwas vom Bäcker mitbringen?«, fragt er noch schnell, bevor er die Tür hinter sich zuzieht.

»Prima Idee!«, ruft Kriminalmeister Voß von seinem Platz. Lisa hebt kurz den Kopf. Sie nickt und tippt weiter emsig am Protokoll zur Befragung der Zeugin Henrike Peters.

»Äh, Oberkommissar Lux«, sagt Stefan und zeigt mit dem Daumen nach unten Richtung Fußboden. »Die Kollegen im Erdgeschoss mögen Butterkuchen. Ich habe gehört, die hätten noch was gut bei Ihnen.«

Niklas legt die Finger zum Gruß an die Stirn.

»Danke für den Hinweis.«

Am besten, ich bringe gleich ein ganzes Blech voll mit.

Während Niklas beim Bäcker in der Schlange steht, fällt sein Blick auf den Zeitungsständer. Die neue »Ostseebild« ist natürlich auch dabei.

Der Leichenfund und das verschwundene Körperteil bestimmen die Schlagzeilen der Artikel über den kleinen Küstenort.

»Ratlose Polizei in Laboe« ist noch das Freundlichste, was dort in fetten Lettern geschrieben steht.

Am besten nicht hinsehen.

Plötzlich fällt es Niklas wie Schuppen von den Augen.

Er erinnert sich an den Artikel, der Trude so in Aufregung versetzt hat. Die Geschichte passt zu dem aktuellen Fall, obwohl die Sache schon mehrere Wochen her ist.

Jemand hatte die Zimmer einer Ferienwohnung nahe Kiel an junge Frauen vermietet und diese heimlich gefilmt. Es gab eine Sammelklage, die dann im letzten Moment abgewendet wurde. Der Anwalt der Mädchen und der Beschuldigte hatten sich außergerichtlich geeinigt.

Trude meinte, die Frauen hätten sich kaufen lassen.

Wie hieß denn der Anwalt? Niklas überlegt. Dieser

hatte den Artikel doch gleich als Schleichwerbung für seine Kanzlei genutzt.

Holthusen! Genau, Sven Holthusen.

Vielleicht wollte sich Luise an ihn wenden, nachdem sie gemerkt hat, dass Julian in ihrem WG-Zimmer ebenfalls eine Kamera versteckt hat.

Er muss diesen Anwalt sofort kontaktieren.

Einen Versuch ist es wert, zumal Henrike Peters behauptet, dass Luise wusste, welche Kanzlei in dem Bereich kompetent ist.

Plötzlich fühlt Niklas mehrere Augenpaare auf sich gerichtet.

Er zuckt zusammen.

»Moin, der Herr! Ausgeschlafen? Was darf's denn sein?«, fragt die Bäckereiverkäuferin und lacht.

Mit einem großen Blech voller Butterkuchen bewaffnet kehrt Niklas zurück in die Polizeistation.

Der Kollege Iversen öffnet ihm im Erdgeschoss sogleich die Tür. Ein verführerischer Kaffeeduft strömt Niklas entgegen.

Er wird bereits erwartet.

29. Kapitel

Christian starrt an die Decke. Julian ist doch so ein Depp! Der wird einfach nicht erwachsen, obwohl er drei Jahre älter ist.

Wenn er vom Zigarettenholen zurück ist und Svenja hoffentlich endlich aufwacht, wollen sie doch noch an den Strand fahren.

Es klingelt.

Christian schaut aus dem Küchenfenster auf die Straße.

Polizei!

Er läuft in sein Zimmer und rüttelt die schlafende Svenja.

»Was ist denn?«, lallt sie und verdreht die Augen.

Scheiße, die ist noch voll dicht!

Den Beamten vor dem Haus ist nicht entgangen, dass in der Wohnung, zu der sie wollen, gerade das Fenster geöffnet wurde.

Sie klingeln erneut.

Christian drückt auf den Türlautsprecher. Er schweigt, will aber wissen, was die Polizisten wollen.

»Christian Köhler! Julian von Isenberg! Ist jemand von Ihnen zu Hause? Bitte öffnen Sie! Wir möchten Ihre Personalien überprüfen.«

Aha, dann haben die nichts Konkretes gegen mich in der Hand.

Christian zieht es trotzdem vor, lieber abzuhauen.

Er rafft Svenjas Sachen zusammen, schnappt sich Julians Autoschlüssel, die Brieftasche und sein Handy und packt alles in einen Beutel.

Dann zerrt er Svenja aus dem Bett und schleppt sie hinter sich her aus der Wohnung, die Treppen hinauf bis in das Dachgeschoss.

Hier befinden sich lediglich Abstellkammern zu den Wohnungen des dreistöckigen Gebäudes.

»Wo willst du hin?«, fragt Svenja ganz benebelt. »Ich kann nicht laufen«, sagt sie und setzt sich auf den staubigen Beton.

Christian hebt sie hoch und trägt sie über den Dachboden bis zum Giebel des restaurierten Altbaus. Von dort hetzt er mit ihr die Treppen im letzten Aufgang hinunter zum Ausgang in den Hinterhof.

Während die Beamten vor der Wohnungstür warten

und sich gerade die Erlaubnis holen, diese aufzubrechen, verschwindet Christian mit Svenja in der Tiefgarage.

Sie ist inzwischen wieder weggedämmert. Ihre Arme schaukeln wie leblos an ihrem Körper. Die Haare kleben schweißnass am Kopf. Christian setzt sie schnell auf den Beifahrersitz in Julians Porsche, legt ihr den Gurt um und steigt selbst ein.

Geschafft.

Schon während er losfährt, betätigt er die Fernbedienung und rast

auf das offene elektrische Tor zu.

Vor der Tiefgarage hatten sich zwei weitere Polizeibeamte postiert. Sie stellen sich dem Wagen in den Weg.

Christian fährt langsam auf die Polizisten zu.

Er lässt die Fensterscheibe ein Stückchen herunter. Dann zückt er ein Klappmesser und hält es der regungslosen Svenja an den Hals.

»Lassen Sie mich durch!«, schreit er. »Sonst …!«

Als der erste Beamte versucht, zu Christian an die Fahrerseite zu gelangen, gibt der Vollgas.

Die Polizisten springen beiseite. Einer wird vom

Außenspiegel des Porsches am Ellenbogen getroffen. Er fällt und bleibt am Boden liegen.

Sein Kollege leitet noch schnell über Funk das Kennzeichen des Fluchtautos weiter und kümmert sich dann um den Verletzten.

Svenja hat von alldem nichts mitbekommen.

Christian sieht sorgenvoll zu ihr herüber. Er stupst sie an. Aber sie schläft immer noch tief und fest.

Als Christian die Landstraße erreicht hat, überlegt er, was am besten zu tun ist.

Die Bullen werden nach dem Wagen fahnden.

Er fährt rechts ab in einen kleinen Schotterweg zwischen zwei hohen Rapsfeldern. Das hämische Lachen seines neuen Handytons begleitet ihn. Ängstlich sieht er nach, wer ihn anruft.

Zum Glück ist es Julian.

»Ja«, meldet sich Christin mit kratziger Stimme.

»Alter! Wo bist du?«, flüstert sein Freund. »Vor meinem Hauseingang hat sich ein Polizeiauflauf gebildet. Ich bin gleich wieder weg und verstecke mich im Schlosspark.«

»Du musst mir helfen, Julian«, fleht Christian ihn an. »Ich stecke richtig in der Scheiße. Wie hieß noch mal der Anwalt, der dich rausgehauen hat? Vielleicht kann der auch was für mich tun.«

30. Kapitel

»Komm, trink einen Schnaps, Gesa!«

Doreen, die Chefkellnerin der Strandperle, setzt sich mit einer Flasche Korn und zwei Gläsern neben Hauptkommissarin Bähr an den Tisch.

»Ich bin im Dienst und außerdem mit dem Wagen da«, antwortet Gesa mit monotoner Stimme. Sie nimmt Doreen die Flasche aus der Hand, gießt ein Glas randvoll und kippt den Schnaps in einem Zug hinunter.

Als sie sich den nächsten einschenken will, hält Doreen ihre Hand fest.

»Es tut mir so leid, Gesa. Hätte ich nur nicht die Schicht mit Svenja getauscht, dann wäre das alles nicht passiert.«

Er hat mein Kind gekidnappt.

Gesa blickt durch den gläsernen Windschutz der Außenterrasse. Sie hat sich an einen der Tische ganz am Rand gesetzt. Da, wo es zieht, weil der Wind um die Ecke pfeift. Hier sitzt selten jemand. Jedenfalls in der Woche.

Sie schaut auf die Ostsee und entdeckt zwei Kinder, die am Ufer eine Strandburg bauen, während deren Eltern drei Tische weit von Gesa entfernt gemütlich essen und sich dabei angeregt unterhalten.

Wenn die Kleinen plötzlich ins Wasser laufen, merken sie es doch gar nicht, denkt Gesa. Es herrscht mittlerer Wellengang und die Strömung ist an der Stelle auch nicht zu unterschätzen.

Können die nicht besser auf ihre Kinder achtgeben!

Habe ich genug auf mein eigenes aufgepasst?

Gesa leckt sich über die Oberlippe. Sie schafft es sogar, mit der Zunge ihre Nasenspitze zu erreichen, obwohl sie eine Stupsnase hat.

Die Luft schmeckt salzig.

Als kleines Mädchen hat Svenja immer über dieses Talent ihrer Mutter gelacht.

Über Gesas Gesicht kullern Tränen.

Ich muss mein Mädchen retten. Aber wie?

Da Gesas Tochter unmittelbar betroffen ist, hat die Bezirkskriminaldirektion Kiel den Fall Luise Reinhardt übernommen. Ausgerechnet Hauptkommissar Zimmermann, dieser Schnarchsack.

Ich muss den Lux anrufen.

31. Kapitel

Der weiße Pick-up hat die besten Jahre schon hinter sich. Niklas Lux hat sich den Wagen von Gesas Schwager Gerd geliehen. Er ist auf dem Weg zu Sven Holthusen, einem von der Staatsanwaltschaft im Norden gefürchteten Strafverteidiger.

Dessen Kanzlei hat Niklas die Handynummer ausgehändigt. Anwalt Holthusen war sofort bereit zu helfen und hat Niklas in sein Ferienhaus an den Schöneberger Strand eingeladen.

Der sportliche Holthusen wollte das gute Wetter zum Kitesurfen nutzen, aber wenn es so wichtig ist, würde er das natürlich verschieben und vorher mit dem Oberkommissar reden. Niklas benötigt ja nur eine halbe Fahrstunde Zeit bis dorthin.

Niklas Lux gibt Gas. Die Seitenverkleidung seines Fahrzeugs klappert mit dem offenen Fenster um die

Wette. Klimaanlage, Fehlanzeige. Der Pritschenwagen ist mindestens zwanzig Jahre alt.

Ein Anruf auf Niklas' Handy! Fast hätte er ihn überhört. Hoffentlich meldet sich Hauptkommissarin Bähr endlich bei ihm. Die Arme ist von den dramatischen Ereignissen schwer getroffen und Niklas möchte ihr so gern helfen.

Aber am Telefon ist Frieda, Niklas' Zwillingsschwester aus Wiesbaden.

»Frieda, gerade ist es sehr ungünstig«, brüllt Niklas in die Freisprechanlage.

Der Wagen hoppelt fauchend über den Dünenweg. Es staubt in das offene Fenster hinein. Niklas hustet.

»Bist du krank? Bekommt dir die frische Seeluft nicht?«

»Doch, aber wie heißt es so schön: Sommer, Sonne, Sand und Meer. Gerade hat Sand die Oberhand.«

»Oh, ich merke, du fühlst dich wohl. Machst Witze, obwohl dich meine Frage bestimmt genervt hat.«

»Ja, Frieda, hat sie. Mir geht es wirklich gut, es gefällt mir. Aber ich habe hier in den ersten Tagen Leute kennengelernt, denen es gerade nicht so gut geht, und bin in Eile.«

»Private Sorgen?«

»Du, privat gibt es hier nicht. Jeder Fall ist irgendwie privat und umgekehrt.«

»Dann kommst du ja vom Regen in die Traufe.«

»Nein, das nicht. Dieses Mal ist es völlig anders«, sagt Niklas und seine Stimme wird etwas brüchig. »Es geht um Menschen aus Fleisch und Blut, mit all ihren Macken, Ängsten und Freuden – nicht um den anonymen Moloch organisierter Kriminalität.«

Frieda verstummt für einen Moment.

»Themenwechsel, Brüderchen. Holger hat mich angerufen, wegen deiner Bilder.«

Niklas bremst scharf vor einem mit Efeu eingewachsenen Straßenschild: »Zum Strandweg«. Beinahe wäre er vorbeigefahren.

»Tschüss, Frieda! Lass uns am Wochenende in Ruhe reden. Ich bin mitten in einer Mordermittlung.«

»Ich denke privat?«

»Frieda!«

»Ach so, ja, ist dasselbe. Dann mach's gut und viel Erfolg!«

32. Kapitel

Anwalt Sven Holthusen läuft mit dem Handy am Ohr über die Innenterrasse seines Ferienhauses. Er hört den Kies vor seinem reetgedeckten Anwesen laut knirschen. Bremsgeräusche. Das wird der Kriminalkommissar sein!

»Hör zu, Niels«, sagt er. »Ich muss gleich auflegen. Mach dir keine Sorgen, ich kümmere mich um deinen Neffen Julian und seinen Freund. Mir fällt bestimmt was ein. Wie heißt der andere noch mal?«

»Christian. Köhler mit Nachnamen.«

»Kennst du das Mädchen, das bei ihnen ist?«

»Nein. Julian behauptet, Christian hat sie zum ersten Mal mit in die Wohnung gebracht. Irgendeine Svenja aus Laboe.«

»Ist die volljährig?«

»Soviel ich weiß, soll sie 18 sein. Also, ja«, erklärt Niels von Isenberg dem Anwalt.

»Das ist gut.«

»Vielleicht sollte sie lieber zum Arzt«, gibt von Isenberg zu bedenken. »Julian meint, sein Freund hätte ihr zu viel von seinem Zeug gegeben.«

»Du bist der Mediziner, Niels. Das musst du entscheiden.«

»Per Ferndiagnose? Ich bin zu Hause, in Lübeck.«

»Niels! Na, weißt du! Was soll ich dazu sagen? Ich habe gleich die Kripo im Haus.«

»Waas?«

»Ein Oberkommissar Lux will mich in dringender Angelegenheit sprechen. Ich bin selbst neugierig. Obwohl draußen gerade richtig guter Wind ist, habe ich wegen dem das Kitesurfen verschoben.«

»Vielleicht kommt er wegen des toten Mädchens, das vor ein paar Tagen am Strand angespült wurde«, vermutet von Isenberg. »Ich hatte vertretungsweise die Leichenschau und spätere Obduktion übernommen«, berichtet er seinem langjährigen Freund und Anwalt Sven Holthusen. »Was sollen die Jungs nun deiner Meinung nach tun, Sven?«

Anwalt Holthusen schweigt einen Moment. Er muss nachdenken.

»Ding! Dong!«, unterbricht ihn das Glockenspiel der Hausklingel.

Holthusen begibt sich sofort auf den Weg zum Vordereingang seines Anwesens.

»Niels, ich bekomme Besuch. Wir müssen wirklich auflegen«, sagt er und läuft noch schnell in die Küche, um die Kaffeemaschine einzuschalten. »Pass auf! Die beiden Blödmänner sollen das Mädchen schleunigst zum Arzt oder in ein Krankenhaus bringen und sich dann der Polizei stellen. Oder am besten beides zusammen.«

»Das fällt dir reichlich spät ein, mein Lieber!«

»Ja, aber es ist die beste Lösung« antwortet Holthusen. »Tschüss, Niels! Ich helfe euch natürlich anschließend wieder weiter. Wie immer.«

Sven Holthusen legt auf.

Niels von Isenberg ärgert sich. Wozu hat er seinen Freund denn angerufen? »Sich stellen« – darauf wäre er auch selbst gekommen.

Sven hatte schon kreativere Vorschläge gehabt, aber bestimmt boxt er Julian auch diesmal wieder raus. Der Junge hat ja nichts getan. Dieser Christian hat den Polizisten angefahren und seine kleine Freundin mit illegalen Mitteln abgefüllt.

Hoffentlich hängt Julian wirklich nicht mit drinnen.

Immer wieder war sein Neffe in jüngster Vergangenheit in kleine Drogengeschichten verwickelt. Wie soll das nur mit ihm weitergehen? Wird er denn nie erwachsen?

Seit dem Tod von Julians Eltern vor zehn Jahren kümmert sich der kinderlose von Isenberg um ihn, obwohl er wenig Zeit hat. Er hat immer versucht, die mangelnde Fürsorge mit Geld auszugleichen.

Niels von Isenberg fühlt sich bis heute mitschuldig am Tod seiner Schwester Sinje und deren Mann. Bei der zu erwartenden Schlechtwetterlage hätte er ihnen damals sein Segelboot nicht überlassen dürfen. Sinje von Isenberg besaß zu wenig Erfahrung mit dem Schiff und ihr Mann Thomas, ein Großstädter, gar keine. Sie gerieten in eine schwere Sturmböe. Während eines Rettungsmanövers traf der Mast Sinje so unglücklich am Kopf, dass sie bewusstlos in die Ostsee stürzte. Bei dem Versuch, sie zu retten, ertrank Julians Vater dann ebenfalls.

Eine Tragödie für den damals fünfzehnjährigen Jungen. Schon als seine Eltern noch lebten, war Julians Erziehung schwierig. Inzwischen ist er fünfundzwanzig, Dauerstudent und ständig in halbseidene Geschichten verwickelt, aus denen von Isenberg oder dessen Anwalt Holthusen ihm heraushelfen müssen.

Von Isenberg gießt sich einen Whisky zur Beruhigung ein.

Er benötigt dringend Ablenkung, um auf andere Gedanken zu kommen.

Vielleicht hat Lorena Lust, für ein wenig Zerstreuung zu sorgen?

Er schreibt seiner Assistentin sofort eine Nachricht.

Schade, dass die fesche Hauptkommissarin Bähr ihm den Laufpass gegeben hat, bevor es überhaupt richtig mit ihr angefangen hatte. Nach dem fulminanten Start in der Nacht im Hotel ist das wirklich bedauernswert. Von Isenberg seufzt laut und schenkt sich einen zweiten Whisky ein.

Donnerstag

33. Kapitel

Der nächste Morgen ist gerade erst angebrochen, doch in der Kriminalabteilung der Polizeistation Laboe sind außer Anwärter Lasse, der Schule hat, bereits alle bei der Arbeit.

»Das sehe ich nicht ein!«, ruft Gesa in die Freisprechanlage ihres Telefons.

Kriminalmeister Voß, der vor ihrem Schreibtisch steht und wartet, zuckt erschrocken zusammen.

Hauptkommissarin Bähr knallt den Hörer auf den Apparat.

»Die Bezirksdirektion will mir den Fall weiterhin entziehen!«, beschwert sie sich. »So wird das Verbrechen an dem Mädchen nie aufgeklärt. Hauptkommissar Zimmermann, diese Schlaftablette, ist einfach unfähig.«

Stefan Voß grinst. Ihm ist der Ruf des Kollegen aus der Landeshauptstadt bekannt.

»XY-ungelöst« wird der Kieler Hauptkommissar

heimlich genannt. Seine Aufklärungsquote ist wirklich unterirdisch, obwohl sein Namensvetter sogar der Begründer der erfolgreichen Fernsehsendung war.

»Wie geht es Ihrer Tochter?«, fragt Stefan seine Chefin als Erstes.

»Danke. Alles bestens. Sie bleibt vorerst zur Überwachung in der Klinik. Die Auswertungen der Bluttests sollen in jedem Fall abgewartet werden.«

Gesa reibt sich die glasigen Augen und schnäuzt hörbar in ihr Taschentuch. Die Aufregung um Svenja war zu viel für sie. Sie hat sich einen Infekt zugezogen. Aber solange der Mörder nicht überführt ist und sie noch aus dem Bett kommt, wird sie weiter ermitteln. Basta! Julian von Isenberg und Christian Köhler sitzen zwar in Untersuchungshaft, bestreiten jedoch vehement, etwas mit der Ermordung von Luise Reinhardt zu tun zu haben.

»Haben Sie Neuigkeiten für mich, Stefan?«, will Gesa wissen.

Kriminalmeister Voß nickt und legt einen Computerausdruck auf den Schreibtisch seiner Chefin.

»Sogar einiges. Die Kriminaltechniker haben ganze Arbeit geleistet! Die Spurenauswertung an dem Koffer, in welchen der Leichnam der jungen Frau gezwängt wurde, führt uns zu einem alten Bekannten.«

Gesa nimmt das Papier mit dem Foto eines bärtigen Mannes hoch: »Ach, sieh an, der Maik Wilke! Hat der seine kriminellen Finger mit im Spiel? Den bestell ich sofort ein.«

»Äh, Frau Hauptkommissarin. Wir sind raus. Nur weil ich im Verteiler der Kriminaltechnik geblieben bin, habe ich die E-Mail überhaupt erhalten.«

»Das ist mir egal. Ich lass mich nicht so einfach ausbooten. Schicken Sie bitte den Oberkommissar Lux zu mir.«

»Kann ich gern tun, Chefin. Aber er wollte nicht gestört werden. Der Lux hat sich an einer alten Sache festgefressen. Es muss mit seinem Besuch bei dem Anwalt zusammenhängen«, antwortet Stefan.

»Hat er gestern mit Ihnen oder Lisa darüber gesprochen?«, will Gesa wissen. Sie selbst ist ja sofort zu Svenja ins Krankenhaus gefahren. Gleich nachdem sie erfahren hatte, dass sich deren Freund Christian und sein Kumpel Julian der Polizei gestellt und Svenja freigelassen haben.

»Frau Hauptkommissarin, der Neue ist mir wirklich

nicht unsympathisch und von seinem vielen Butterkuchen werden wir noch eine Woche lang essen können, doch er ermittelt sehr für sich. Hajo hat Lisa und mich dagegen immer sofort einbezogen.«

»Verstehe«, Gesa zieht die Stirn kraus. »Er ist es nicht gewohnt, im Team zu arbeiten. Etwas Zeit geben wir ihm noch. Das wird schon.«

»Ich hoffe es«, brummt Stefan leise.

Er geht nach vorn in das Gemeinschaftsbüro mit dem Empfangstresen.

»Wo ist der Lux?«, fragt er seine Kollegin Lisa. »Die Bärin will ihn dringend sprechen.«

»Der ist vor ein paar Minuten aus der Tür geflitzt! Er ist bis Mittag zurück.«

»Was hat er denn vor?«

Lisa zuckt mit den Schultern. »Keine Ahnung.«

»Typisch«, beschwert sich Stefan und stemmt die Fäuste in die Hüfte. »Der erzählt einfach nichts! Gerade habe ich mit der Chefin darüber gesprochen.«

»Du hast ihn angeschwärzt?«

»Na, so würde ich es nicht nennen. Aber Hajo hatte keine Geheimnisse vor uns.«

»Oberkommissar Lux ist eben nicht dein alter

Freund … Hajo«, will Lisa gerade antworten. Da stürmt Hauptkommissarin Bähr zu ihnen ins Büro.

Sie ist blass und die rote Schnupfennase ragt wie ein kleiner Leuchtturm aus ihrem sommersprossigen Gesicht.

»Hauke ist tot«, sagt sie mit belegter Stimme. »Frank Lürsen von der Wasserschutzpolizei hat eben auf meinem Handy angerufen. Er wollte mich informieren, bevor wir es auf dem offiziellen Weg erfahren.«

Lisa geht auf Gesa zu und legt ihr die Hand auf die Schulter.

»Das tut mir sehr leid«, sagt sie und streichelt Gesas Arm.

Ihre Chefin ist tief betroffen. Hauke war ein ehemaliger Schulkamerad. Sie kennt ihn seit Kinderzeiten.

»Ich werde sofort runter zum Hafen laufen«, schnieft Gesa.

»Soll jemand von uns Sie begleiten?«, fragt Stefan.

»Das ist lieb, aber nein danke. Ich nehme den Oberkommissar Lux mit. Dann kann ich auf dem Weg gleich mit ihm über Maik Wilke reden.«

Stefan verzieht spöttisch den Mund.

Gesa bemerkt es zum Glück nicht.

»Wo ist denn der Neue?«, fragt sie und dreht sich einmal im Kreis.

Außer Lisa und Stefan ist niemand im Raum.

»Küche oder Toilette?«, fragt sie.

»Keines von beiden. Oberkommissar Lux ist rausgegangen. Er hat sich bis Mittag abgemeldet«, erklärt Lisa ihrer Chefin.

Gesas grüne Augen funkeln. »Bei mir nicht«, zischt sie.

»Dann laufe ich eben allein los.«

34. Kapitel

Frank Lürsen eilt Gesa bereits entgegen.

»Hallo Gesa!« Er zieht sie schnell hinter den Lindenbaum, an dem das rot-weiße Absperrband der Hafenpolizei befestigt ist.

»Hauptkommissar Zimmermann aus Kiel ist auch schon auf dem Steg«, sagt er leise. »Ich weiß nicht, wie der das so schnell mitbekommen hat.«

»Unser Hauke geht den Piefke vom Bezirk doch gar nichts an!«, schimpft Gesa.

»Wahrscheinlich ist es wegen des toten Mädchens, dessen Fuß Hauke gefunden hat«, vermutet Lürsen. »Ihr habt ihn doch kurz darauf zur Fahndung ausgeschrieben.«

»Ja, das stimmt«, antwortet Gesa zerknirscht.

Warum ist Hauke auch abgehauen, der Trottel?

»Wie ist es passiert?«, will sie wissen. »Ein Unfall? Ist er ertrunken?«

Lürsen kratzt sich verlegen an seiner weißen Polizeimütze.

»Augenscheinlich ja.«

Hauptkommissarin Bähr sieht ihn zweifelnd an. »Bei seinen hervorragenden Schwimmkünsten? Niemals!«

»Deshalb habe ich auch augenscheinlich gesagt«, flüstert Frank Lürsen.

Gesa rollt genervt mit den Augen.

»Ja, nun lass dir doch nicht alles aus der Nase ziehen, Frank!«

»Also: Haukes alter blauweißer Kahn, der mit dem schrottreifen Motor, trieb bei Sonnenaufgang vor einer Sandbank in der Nähe des Leuchtturms.«

»Und?«

»Wir sind Streife gefahren, wegen der Drogenschmuggler, die hier neuerdings ihr Unwesen treiben. Da ich Haukes Boot kenne und weiß, dass er gesucht wird, sind wir hingeschippert und haben nachgesehen.«

»Lag er in seinem Boot?«

»Nein, auf dem Grund der Sandbank. Dort ist das Wasser klar. Wir haben einen Schatten entdeckt und mein Kollege ist kurz runter. Es war Hauke, den er hochgezogen hat. Der hat dort schon die ganze Nacht gelegen, mindestens.«

Frank Lürsen zieht jetzt ein zweifach gefaltetes Blatt Papier aus der Brusttasche seiner Uniformjacke.

»Hier, Gesa, nimm bitte! Ich weiß, dass ich gegen die Vorschrift verstoße, aber der Zimmermann sollte dieses Schriftstück nicht in die Hände bekommen. Der Brief ist ja an dich adressiert.«

Gesa wird bleich.

»Ich verstehe nicht«, stammelt sie.

»Es ist Haukes Abschiedsbrief. Er war zwischen zwei Bodenplanken gerutscht, hinten bei dem Außenbordmotor von Haukes Kahn. Vielleicht hat er ihn selbst dorthin gelegt, oder er ist ihm aus der Tasche gefallen. Wer weiß.«

»Hast du den Inhalt gelesen?«

»Ja, ich habe das Boot doch als Erster untersucht. Ich wusste ja nicht, worum es sich handelt. Außer dem Brief lag auch Haukes Rucksack im Kahn. Genau unter der Mittelbank. Den haben Zimmermann und seine Begleiter an sich genommen.«

Gesa kämpft mit den Tränen.

»Danke, Frank. Ich brauch jetzt mal einen Moment.«

»Ist schon gut. Ich muss sowieso zurück«, antwortet Lürsen. »Du kannst ja später nachkommen.«

Hauptkommissarin Bähr läuft wie hypnotisiert durch die Menge der neugierigen Zuschauer. Sie will etwas abseits vom Getümmel zum Ufer hinunter.

Dort angekommen, setzt sie sich auf einen großen Stein.

Was hat Hauke, der alte Seebär, ihr denn noch mitteilen wollen? Aufgeregt beginnt sie den Brief zu lesen:

»*Liebe Gesa, es tut mir sehr leid, dass ich dein Vertrauen missbraucht habe. Ich habe alles versucht, um den abgetrennten Mädchenfuß wieder hochzuholen. Er war mir beim Umpacken in meine Kühlbox ins Meer gefallen. Niemand hat es bemerkt.*

Die Touristen haben auf der anderen Seite der MS Sagitta gewartet. Meine nächtliche Tauchaktion mit zwei Freunden, die ich hier nicht nennen möchte, war leider ebenfalls vergeblich.«

Aha, denkt Gesa, daher das blaue Auge für den schlauen Lux. Der hatte die richtige Spur verfolgt und gleich behauptet, dass Hauke etwas verbergen will.

»Es tut mir so leid und ich hoffe, du kannst mir verzeihen.« Mit diesen Worten endet der Brief.

Er ist gar nicht unterschrieben, wundert sich Gesa.

35. Kapitel

Niklas ist zurück in der Dienststelle. Er hat drei Waffeltüten Eis mitgebracht.

Lisa strahlt ihn an. »Danke schön!«, sagt sie fröhlich.

Kriminalmeister Voß murmelt leise: »Ob das noch was hilft?«

Niklas hat es genau verstanden.

»Wie meinen Sie das, Kollege Voß?«

»Na, die Chefin war ein wenig sauer. Sie wollte sich mit Ihnen wegen unseres neuen Verdächtigen beraten und wir wussten nicht, wo Sie waren.«

»Ich bin einfach nur Fahrrad gefahren, um in Ruhe nachzudenken. Hauptkommissarin Bähr hätte mich anrufen können. Ich hatte mein Handy dabei.«

Niklas fiebert dem Tag, an dem sein Zimmer nach dem Wasserschaden endlich beziehbar ist, sehnsüchtig entgegen.

In dem Gemeinschaftsbüro kann er sich nicht so gut konzentrieren.

»Stören wir Sie denn bei Ihrer Arbeit?«, fragt Stefan provokant.

»Nein, es liegt nicht an Ihnen.«

Niklas weicht der Frage des Kollegen aus und will lieber wissen, wer der neue Verdächtige ist.

»Maik Wilke. Ein uns schon bekannter Mann. Er ist ein sogenannter Berufsverbrecher, der die meiste Zeit seines Lebens im Knast verbracht hat. «

Das verbliebene Eis in Niklas' Hand beginnt zu tropfen.

»Oh!«

Lisa reicht ihm eine Rolle Küchenkrepp über den Empfangstresen.

»Danke. Ich wische das gleich auf. Vorher bringe ich der Hauptkommissarin ihr Eis ins Büro.«

»Die ist nicht da. Sie musste zum Hafen. Hauke Bergen ist tot. Frank Lürsen von der Wasserschutzpolizei hat die Chefin auf dem kurzen Dienstweg informiert.«

»Das ist ja ein Ding!«, ruf Niklas erstaunt.

Seine Blicke drücken die Verwunderung darüber aus, dass er nichts davon erfahren hat.

»Mehr wissen wir auch nicht. Ehrlich«, erklärt ihm Lisa.

»Wir halten unsere Informationen nicht zurück.« Stefan kann sich diese Bemerkung einfach nicht verkneifen.

»Das ist gut«, antwortet Niklas. Er ignoriert die Spitze des Kollegen. »Dann möchte ich sofort alle Vorgänge zu diesem Serienkriminellen Wilke auf meinen Tisch oder in mein E-Mail-Postfach haben.«

»Jawohl, Herr Oberkommissar.« Stefan Voß geht zurück an seinen Schreibtisch.

Auf der Waffel in Niklas' Hand beginnt sich die geschmolzene Kugel Schokoeis bedrohlich zu senken. Er dreht seine Hand und versucht, die Kugel abzufangen, aber zu spät. Klatsch! Das gesamte Eis liegt nun auf dem Boden.

Kriminalmeister Voß hat Mühe, sich das Lachen zu

verkneifen.

Egal, denkt er, unsere Bärin mag sowieso kein Schokoeis.

Der smarte Lux muss wirklich noch einiges lernen.

36. Kapitel

Gesa versucht verzweifelt, sich entgegen dem Fahrtwind die Nase zu putzen.

»Könnt ihr nicht schneller fahren, Frank?«, fragt sie ungeduldig.

Polizeimeister Lürsen steht von seinem Platz auf und geht nach vorn zu seinem Kollegen, der das Boot steuert.

»Kannst du noch ein paar Knoten zulegen, Jürgen?«

»Wir sind die Wasserschutzpolizei und kein Rennboot«, mault er, aber gibt trotzdem mehr Gas.

Das Motorboot springt über die Bugwellen eines vorbeifahrenden Frachtschiffes, dass es nur so spritzt.

»Ja!«, schreit Gesa mit heiserer Stimme. Ihre Erkältung ist stärker geworden. »Geht doch!«

Der feine Sprühnebel des hochgepeitschten Wassers kühlt ihr heißes Gesicht.

Frank Lürsen schüttelt den Kopf. »Meinst du, dass es Sinn macht, was du da tust?«

»Na, klar. Der Zimmermann soll mich kennenlernen!«, krächzt Gesa kampfeslustig.

»Du gehörst mit einem heißen Tee ins Bett«, meint Lürsen besorgt.

»Da sterben die meisten Leute«, antwortet Gesa und lacht.

»Oh Schreck!«, ruft sie und schlägt sich an ihre nasse Stirn. »Ich müsste mal in der Dienststelle anrufen und meine Kollegen informieren.«

Sie kramt ihr Handy aus der Handtasche und reißt dabei ihr letztes Päckchen Tempotaschentücher mit heraus. Ehe sie es auffangen kann, fliegt es in hohem Bogen über Bord.

»Mist! Kannst du mir Neue besorgen, Frank?«

»Also ich hab nur eines aus Stoff und Jürgen nimmt, wenn überhaupt, den Ärmel. Aber nicht weitersagen.«

»Dann hol mir bitte Toilettenpapier!«

»Okay, wenn wir in Kiel sind.«

Gesa hat bereits die Nummer von Oberkommissar

Lux gewählt.

»Frau Hauptkommissarin, ich habe schon auf Ihren Anruf gewartet«, sagt er. »Was ist mit Hauke Bergen passiert?«

»Das versuche ich gerade herauszufinden. Bitte sagen Sie Lisa und Stefan Bescheid, dass ich heute Nachmittag in Kiel bleiben werde.«

»Wo sind Sie denn genau?«

»Na, noch bin ich im Boot von Frank Lürsen. Der diensteifrige Zimmermann von der Bezirksdirektion hat mich am Hafen abgewimmelt. Es wäre sein Fall.«

»Das kann man nicht so genau sagen«, bekräftigt Niklas den Standpunkt seiner Chefin. »Hauke Bergen ist doch in unserem Revier tot aufgefunden worden.«

»Genau. Ich sehe, wir verstehen uns. Aber Zimmermann sieht Hauke im Fall Luise Reinhardt weiter als Mordverdächtigen. Nicht mal wenn er tot ist, hat der arme Hauke Ruhe.«

»Haben Sie denn Beweise, die ihn von dem Verdacht befreien?«, fragt Niklas nach.

»Nicht direkt. Aber eigentlich schon. Wahrscheinlich hat er Suizid begangen.«

»Gibt es einen Abschiedsbrief oder Ähnliches?«

»Ja, aber ich glaube trotzdem nicht, dass Hauke so etwas tun würde.«

»Welche Meinung vertritt denn Hauptkommissar Zimmermann?«

»Äh, noch keine. Also von dem Brief weiß er nichts. Noch nicht.«

»Frau Hauptkommissarin! Unterschlagen Sie etwa Beweismittel?«

»Der arrogante Bezirksheini hat doch gar nicht mit mir reden wollen. Da drängle ich mich nicht auf«, antwortet Gesa schnippisch.

Niklas lacht.

»Stattdessen fahren Sie ihm lieber schnurstracks hinterher. Na, die Obduktion wird hoffentlich Aufschluss über die Todesumstände von Herrn Bergen geben.«

»Das ist genau mein Stichwort!«, ereifert sich Gesa und ihre Stimme überschlägt sich fast.

Gleich wird sie ihr völlig versagen, befürchtet Frank Lürsen, der neben Gesa sitzt. Wegen des Fahrwinds versteht er jedoch nur Bruchstücke von dem, was sie sagt.

»Wir sind gleich da«, ruft er ihr ins Ohr.

»Einen Moment noch! Herr Lux, bitte prüfen Sie derweil die Akten zu unserem neuen Verdächtigen Maik Wilke.«

»Bin schon dabei. Kollege Voß hat mich mit Datenmaterial versorgt.«

Klappt doch mit der Teamarbeit.

Wahrscheinlich sollte ich öfter mal in den Außendienst gehen.

»Was ist denn nun mit der Obduktion des Hauke Bergen?«, will Niklas endlich wissen.

Warum fährt sie nach Kiel? Will sie unbedingt dabei sein, wenn ihr alter Freund aufgeschnitten wird?

»Ich werde die Obduktion verhindern!«, verkündet Gesa.

Niklas verzieht überrascht das Gesicht.

»Mit welcher Kompetenz und vor allem, warum?«, fragt er.

»Die erste Frage überspringe ich, Herr Oberkommissar, und nun zu der zweiten: Von Isenberg arbeitet noch bis Ende der Woche als Vertretung von Dr. Karin Rose. Wie wir beide wissen, ist er der Onkel eines Hauptverdächtigen, Julian von Isenberg.«

»Da haben Sie vollkommen recht. Aber das ist Hauptkommissar Zimmermann ebenfalls bekannt. Es steht in der Akte.«

»Dazu müsste er diese lesen.«

»Das wird er doch wohl tun. Er hat den Fall schließlich übernommen.«

»Ach, Oberkommissar Lux, Sie müssen hier noch einiges lernen. Ich muss mich verabschieden, das Boot legt an.«

»Eine letzte Frage noch«, bittet Niklas. »Welche Eissorte mögen Sie?«

Was soll das denn bedeuten? Der Neue hat manchmal merkwürdige Gedankensprünge.

»Ich verstehe zwar nicht, warum Sie mich das ausgerechnet jetzt fragen«, antwortet Gesa, »aber gut, ich mag eigentlich alle Eissorten, außer Schoko.«

Freitag

37. Kapitel

Am nächsten Morgen stürmt Gesa die Treppe zur Abteilung der Kriminalpolizei hinauf. Sie ist heute die Letzte. Niklas, Stefan, Lisa und sogar der Polizeischüler Lasse sitzen bereits an ihren Plätzen.

»Wisst ihr schon das Allerneuste?«, ruft Gesa mit heiserer Stimme und wirft ihre Aktentasche auf einen der Besucherstühle.

»Hauptkommissar Zimmermann vom Bezirk konnte es nicht abwarten, mir seinen Triumph mitzuteilen, und hat es gewagt, auf meinem Handy anzurufen.«

Niklas Lux schaut seine Chefin verwundert an.

Was ist daran besonders?

»Warum das so außergewöhnlich ist, können Sie nicht ahnen, Kollege Lux. Der Zimmermann weiß, dass ich ihn nicht mag, und er meldet sich sonst telefonisch nur offiziell in der Dienststelle. Außer an meinem Geburtstag, aber da gehe ich nie ran und er spricht mir jedes Mal den gleichen Text auf die Mobilbox.«

»The same procedure as every year«, zitiert Stefan Voß den berühmten Satz aus dem Filmklassiker »Dinner for One«.

Niklas schmunzelt.

Muss ein wahres Monster sein, Bährs Vorgesetzter aus Kiel.

»Was hat denn unser Mister XY-ungelöst herausgefunden, Chefin?«, fragt Stefan.

Gesa prustet laut.

»Er hat mir Hauke Bergen als Täter präsentiert!«, entrüstet sie sich. »In Haukes Rucksack hat die Spurensicherung den Seidenschal der ermordeten Luise Reinhardt sichergestellt.«

»Donnerwetter!« Stefan Voß haut so stark auf den großen Schreibtisch, dass auf Lisas Seite ihre sorgfältig angespitzten Stifte aus dem Köcher fliegen.

»War nicht bei der Obduktion von einem Seidenschal als mögliches Tatwerkzeug die Rede?«, wirft Oberkommissar Lux ein.

»Leider ja«, antwortet Gesa, »und wenn der Spurenabgleich dies bestätigt, müssen die beiden jungen Männer heute noch aus der Untersuchungshaft entlassen werden. Deren Anwalt macht wohl mächtig Druck.

Der Holthusen ist ein ganz scharfer Hund. Die Staatsanwaltschaft fürchtet ihn mehr als unsere Badegäste eine Quallenplage.«

»Moment!«, meldet sich Niklas. »Der Name Holthusen ist mir jetzt mindestens einmal zu viel aufgetaucht.«

Kriminalobermeisterin Lisa Rückert schaut hinter ihrem Monitor hervor und lacht.

»Das glaube ich Ihnen gern, Herr Oberkommissar«, sagt sie. »In unserer Gegend ist das kein Name, sondern ein Sammelbegriff. So häufig wie der hier vorkommt.«

Doch Niklas Lux lässt sich nicht beirren. Er geht mit seinen Aufzeichnungen in der Hand nach vorn zum Empfangstresen.

Neugierig lugt Gesa, an seinem Arm vorbei, auf einen Wirrwarr aus Buchstaben und Skizzen.

Ich dachte, meine Handschrift wäre die schlimmste, aber diesbezüglich kann mir der Neue locker das Wasser reichen.

»Sven Holthusen hat fünf junge Frauen, die bei Julian von Isenberg ein Zimmer gemietet hatten, in einer Sammelklage wegen heimlicher Foto- und Videoaufnahmen vertreten«, erzählt Niklas den Kollegen. Es gab eine außergerichtliche Einigung. Das hat er mir selbst bestätigt.«

»Na, dann ist es verständlich, dass er Julian von Isenberg und dessen Freund Christian Köhler gleich mit vertritt«, meint Hauptkommissarin Bähr.

»Ja, vielleicht. Die von Isenbergs sind sehr wohlhabend und können sich diesen erfolgreichen Anwalt leisten«, stimmt Niklas ihr zu. »Aber warum hat Holthusen vor zwei Jahren Maik Wilke verteidigt?«

»Echt jetzt? Den auch?«, fragt Gesa.

»Ich habe mir den gesamten Aktenberg gestern vorgenommen und bis spät in den Abend hinein durchgeackert. Ohne Holthusens clevere Verteidigung wäre Wilke bei dem letzten Überfall auf die Tankstelle wegen Mordes oder mindestens wegen Totschlags verurteilt worden.«

»Ich erinnere mich!«, ruft Stefan in die Runde. »Es gab einen krassen Verfahrensfehler. Der Anwalt soll ein echtes Schlitzohr sein.«

Gesa wendet sich jetzt an Niklas: »Welche Hypothese haben Sie nun aufgestellt, Kollege?«, fragt sie ihn. »Lassen Sie uns an Ihren Ideen teilhaben! Es sind ja nicht die schlechtesten.«

»Danke«, erwidert Niklas. »Ich habe in der Tat vorgestern noch die Hypothese vertreten, dass sich die inzwischen ermordete Luise Reinhardt vor ein paar Wochen ebenfalls an diesen renommierten Anwalt wenden wollte. Deshalb war ich vorgestern bei ihm. Luise hatte ihrer Freundin Henrike Peters doch erzählt, dass sie einen Anwalt kennt, der Erfahrung in einem ähnlichen Fall hätte. Es ging ja auch bei ihr um heimliche, intime Aufnahmen und deren Veröffentlichung.«

»Aber der Holthusen kennt keine Luise Reinhardt«, unterbricht Gesa den neuen Oberkommissar.

»Das hat er vor zwei Tagen jedenfalls behauptet. Da habe ich es auch nicht angezweifelt. Warum sollte der Mann lügen?«

Stefan Voß ruft dazwischen: »Ich wette, der Oberkommissar hat eine neue Hypothese.«

»Stefan!«, mahnt Lisa hinter ihrem Monitor.

Niklas Lux lacht. »So ist es, und ich möchte sie niemandem vorenthalten«, sagt er und schaut die Hauptkommissarin an.

Ihre Nase pellt sich. Sie ist wirklich ordentlich erkältet.

»Nur nutzt uns meine Hypothese nichts, ohne Beweise«, fügt er hinzu.

Meine Worte, denkt Gesa. Der Lux lernt schnell.

Hoffentlich kommt er endlich auf den Punkt.

»Wir sollten der Verbindung von Anwalt Holthusen und dem Verdächtigen Maik Wilke nachgehen«, schlägt Niklas vor. »Die DNA-Spuren von Maik Wilke befinden sich nachweislich an dem Koffer, in dem die Ermordete lag.«

»Wo ist der Wilke eigentlich?«, will Lisa wissen.

Stefan runzelt die Stirn. »Der ist abgetaucht, wie die Fische vor dem Gewitter. Die Fahndung nach ihm läuft auf Hochtouren.«

»Frau Hauptkommissarin«, bittet Niklas, »da wir den Wilke zurzeit nicht vernehmen können, möchte ich Sven Holthusen erneut befragen. Vielleicht hat der eine Ahnung, wo sich sein ehemaliger Mandant aufhalten könnte.«

»Gut. Wir werden ihn besuchen«, sagt Gesa. »Beide.«

Niklas lächelt. »Verstanden, Teamarbeit.«

»Stefan, bitte rufen Sie in der Kanzlei an und fragen Sie nach, wann es kurzfristig passt«, bittet Gesa den Kriminalmeister Voß.

»Frau Hauptkommissarin!«, meldet sich Lasse

plötzlich zu Wort. Der Polizeischüler hat die Diskussion aufmerksam verfolgt. »Ich bekomme gerade die Nachricht, dass unsere Server wegen dringender Wartungsarbeiten gleich für drei Stunden heruntergefahren werden.«

Ein kollektives Stöhnen erfüllt den Raum.

»Planänderung!«, ruft Gesa. »Wir besuchen Anwalt Holthusen sofort. Vielleicht hat er ja einen Moment Zeit. Bitte rufen Sie jetzt in seiner Kanzlei an, Stefan! Bevor uns auch noch die Telefone abgestellt werden.«

Mit der Technik im Haus ist es zum Verrücktwerden. Zum Glück gibt's Handys.

38. Kapitel

Anwalt Holthusen ist nicht zu erreichen – so die Auskunft seiner Kieler Kanzlei. Er sei spontan zum Kitesurfen rausgefahren. Solange er auf dem Wasser bzw. in der Luft ist, geht er leider nicht an sein Mobiltelefon.

Hauptkommissarin Bähr und Oberkommissar Lux haben sich trotzdem mit dem Opel auf den Weg zu

Holthusens Ferienhaus begeben. In einer guten halben Stunde soll eine Flaute kommen und sie erwarten, ihn dann an Land anzutreffen.

»Hoffentlich lässt der Wind wirklich bald nach«, sagt Niklas und hält den angefeuchteten Finger aus dem Autofenster.

»Kollege Lux, Ihre Pfadfindermethoden funktionieren an der Küste nur bedingt. Vertrauen Sie unserem Kriminalmeister Voß. Der sagt Ihnen den nächsten Sturm auf die Minute voraus, selbst wenn nur drei Schäfchenwolken am blauen Himmel zu sehen sind.«

Niklas verzieht den Mund.

»Nun übertreiben Sie aber.«

Macht sie öfter, wenn das Temperament mit ihr durchgeht. Ist die wirklich ein echtes Nordlicht?

»Na, gut. Erwischt!«, lacht Gesa.

»Aber an Ihrem Vertrauen zu den Kollegen dürfen Sie noch arbeiten, Herr Oberkommissar. Besonders dem Stefan gegenüber. Ohne ihn, seine Umsicht und Zuverlässigkeit wäre ich aufgeschmissen.«

Niklas nickt und nimmt die Hand wieder rein.

Vielleicht sollte ich mal ein Feierabendbier mit ihm trinken.

»Beide Kollegen sind auf ihre Art einfach klasse!«,

schwärmt Gesa.

»Die Lisa ist unser Sonnenschein. Sie ist im Umgang mit den Betroffenen, die uns aufsuchen, durch niemanden zu ersetzen.«

»Ich kann Ihre Meinung nur bestätigen, Frau Hauptkommissarin. Mein erster Eindruck ist genauso.«

»Das freut mich«, sagt Gesa.

Wenn der Lux nur etwas weniger steif wäre.

Irgendwie bewegt sich der Neue immer noch mit angezogener Handbremse in unserem Team.

Niklas erkennt den zugewachsenen Wegweiser »Zum Strandweg« dieses Mal rechtzeitig.

»Hier müssen wir abbiegen!«, sagt er.

Hauptkommissarin Bähr fährt in den schmalen Sandweg und hält ein paar Meter weiter in einer Ausbuchtung an.

Niklas wundert sich.

»Wir haben noch gut 100 Meter bis zu Holthusens Haus. Dort sind ausreichend Parkplätze vorhanden.«

»Ich denke, Sie sind so sportlich, Kollege? Das Stückchen können wir doch laufen. Es ist weiterhin windig und Holthusen sicher noch auf dem Wasser.

Außerdem sehe ich mir gern die Umgebung an. Nur so, um ein Bauchgefühl zu bekommen.«

Hat sie nicht gesagt, das zählt bei ihr nicht?

»Gern laufe ich das letzte Stück mit Ihnen zu Fuß«, erwidert Niklas, »nichts lieber als das.«

Die beiden steigen aus.

Niklas reckt sich. Der Beifahrersitz ließ sich wieder einmal nicht verstellen und er hat mit seinen 1,90 m Körperlänge schlecht Platz gefunden.

»Frau Hauptkommissarin, haben Sie dem Kollegen Zimmermann eigentlich Haukes Abschiedsbrief ausgehändigt?«, fragt er seine Chefin.

Gesa wird ein wenig rot.

»Äh, noch nicht. Wann denn auch?«

Niklas fragt gleich weiter: »Hat sich Hauke denn darin zu dem Mord bekannt und sich vielleicht deshalb umgebracht?«

»Ach, Quatsch!«, Gesa holt den gefalteten Zettel aus ihrer Handtasche.

»Lesen Sie selbst! Für mich ist das kein Abschiedsbrief, sondern ein persönlicher Brief an mich, der nicht zu Ende geschrieben wurde. Deshalb geht er auch nur mich etwas an.«

Niklas Lux schüttelt den Kopf. Da ist er anderer Meinung, so gut er die Hauptkommissarin persönlich versteht.

Er liest die wenigen Zeilen.

Dann gibt er Gesa den Brief zurück.

»Ich finde, dieser Brief hat wirklich ein offenes Ende und er stiftet noch mehr Verwirrung in dem ohnehin schon verzwickten Tatgeschehen. Weder be- noch entlastet das Schreiben Hauke Bergen. Den Einsatz seiner zwei Tauchsportfreunde kann ich aber bezeugen. Mein Veilchen ist noch nicht verblasst.«

»Ich behalte den Brief vorerst bei mir und warte die Obduktion ab«, erklärt Gesa. »Immerhin konnte ich mich bei der Staatsanwaltschaft durchsetzen. Die rechtsmedizinische Untersuchung von Haukes Leichnam führt vertretungsweise ein Kollege aus Hamburg durch.«

Niklas stimmt ihr zu: »Von Isenberg als Verwandter eines Tatverdächtigen, auch wenn sein Neffe nicht länger festgehalten werden darf, wäre wirklich eine Fehlbesetzung.«

»Aua!«, ruft Gesa plötzlich.

Ein Fußball hat sie im Gesicht getroffen, genau auf

ihre wunde Schnupfennase.

Sie blutet ein wenig. Niklas reicht ihr ein sauberes Taschentuch. Seine Wirtin Trude legt ihm jeden Morgen ein frisches auf die Flurkommode.

»Halb so schlimm!«, erklärt Gesa tapfer.

Niklas bückt sich nach dem Ball.

Dann sieht er sich um.

Das opulente Anwesen des Anwalts Holthusen beginnt hinter dem Gartenzaun eines bescheidenen Rotklinkerhauses. Aus dessen Vorgarten muss der Ball eben geflogen sein.

»Wir sind gleich da!«, sagt er zu Gesa. »Holthusens Villa liegt etwas versetzt. Die kann man vom Weg aus nicht einsehen.«

»Wahrscheinlich gehört der Fußball dem Knirps, der uns heimlich hinter der Hecke beobachtet«, meint sie und zeigt mit dem Finger auf ein rotes Käppi, das durch die Buchsbaumhecke leuchtet.

»He! Du da! Komm mal her!«, ruft Niklas. »Hol dir deinen Ball ab!«

Der Junge kommt auf die Straße gelaufen.

Er ist höchstens fünf und geht bestimmt noch nicht zur Schule, denkt Gesa.

»Wie heißt du denn?«, fragt sie.

»Friedrich.«

»Du musst vorsichtig sein, Friedrich! Lauf hier nicht einfach so deinem Ball hinterher! Das ist eine Straße, auf der wir stehen, auch wenn sie aus Sand ist und wenig Autos vorbeifahren.«

»Warum schießt du deinen Fußball nicht in die andere Richtung?«, will Niklas wissen.

Er erinnert sich gut, dass das Grundstück neben Holthusens Anwesen über einen weitläufigen Garten verfügt.

»Wenn mir der Ball über die Hecke fällt, bekomme ich ihn nicht zurück«, behauptet Friedrich.

»Wie? Der Mann, der dort wohnt, behält einfach deinen Ball?«

»Ja, und meine Eltern haben keine Lust mehr, ihm in seinen Po zu kriechen, um den Ball zurückzuholen. Das hat Papa zu Mama gesagt. Also er hat Arsch gesagt. Ich habe es heimlich mitgehört.«

Gesa streicht dem aufgeregten Knirps über sein Käppi.

»Erst letzte Woche ist es mir wieder passiert«, berichtet der Kleine. »Da war zum Glück eine Frau zu

Besuch, die hat mir meinen Fußball sofort wiedergegeben.«

Gesa und Niklas sehen sich an. Doch bevor sie nachfragen können, erzählt der Junge weiter.

»Das war so lustig!«, sagt er und seine braunen Knopfaugen strahlen. »Sie hat ihren bunten Schal aus Versehen gleich mit zu mir rübergeworfen. So einen aus dünnem Stoff. Der hing wie eine Fahne an meinem Ball.«

»Hast du den Schal noch?«, möchte Niklas wissen.

»Nee. Ich habe den Schal um einen Stock gewickelt, so wie sie es gesagt hat, und durch ein Loch in der Hecke auf ihre Seite geschoben.«

»Hat dir die Frau ihren Namen genannt, Friedrich?«, fragt Gesa aufgeregt.

»Nein, aber unser blöder Nachbar hat nach ihr gerufen. Luise, hat er gesagt, wo bleibst du denn?«

39. Kapitel

Sven Holthusen ärgert sich. Die Flaute kam doch sehr plötzlich und er musste schneller wieder in sein

Ferienhaus zurückgehen als geplant.

Während er dabei ist, den Neoprenanzug abzustreifen, klingelt sein Handy. Er hüpft auf einem Bein zum Terrassentisch.

»Hallo!«

»Ach, du bist es, Niels.«

»Ja, ich habe kurz Zeit.«

Holthusen klemmt sich das Handy unters Kinn und greift nach einem Handtuch.

Sein durchtrainierter, gebräunter Körper glitzert in der Sonne. Zufrieden betrachtet er sich in der Fensterscheibe. Der sechsundfünfzigjährige Junggeselle muss sich wahrlich nicht verstecken.

»Mensch, Niels«, sagt er, nachdem er ein paar Minuten später endlich zu Wort kommt, »das ist mal eine gute Nachricht. Ich habe dir ja versprochen, dass dein Neffe und sein Freund bald wieder freikommen.«

»Du bist echt spitze, Sven. Wie kann ich mich revanchieren?«, fragt Niels von Isenberg.

»Also erst einmal würde ich gern reingehen und heiß duschen.«

»Genehmigt.« Von Isenberg lacht. »Wir hören uns«, sagt er und legt auf.

Aus dem Haus dringen plötzlich polternde Geräusche zu Holthusen auf die Terrasse.

Was ist denn da los?

Splitternackt, nur mit einem Handtuch über der Schulter, läuft er hinein.

»Hallo!«, ruft er. »Ist da jemand?«

Die Geräusche kommen aus der Küche, glaubt er, und läuft weiter. Als er im Flur um die Ecke biegt, spürt er einen Schlag auf den Kopf.

Sven Holthusen fällt zu Boden.

Benommen rappelt er sich wieder auf. Aus dem Augenwinkel sieht er den Golfschläger über sich schwirren. Er hebt noch schützend den Arm hoch, doch dieses Mal bleibt er reglos liegen.

40. Kapitel

»Wir müssen einen Durchsuchungsbeschluss für Holthusens Ferienhaus erwirken!«, erklärt Gesa forsch.

Sie und Oberkommissar Lux haben sich nach dem Gespräch mit dem Nachbarsjungen sofort wieder in ihr Auto gesetzt und befinden sich jetzt auf dem Rückweg in die Dienststelle.

»Sie werden nicht umhinkommen, endlich den zuständigen Hauptkommissar Zimmermann zu informieren! Wir hätten Holthusen nicht einmal offiziell über Maik Wilke befragen dürfen«, erklärt Niklas seiner Chefin.

Gesa umklammert das Lenkrad, als wäre es ihr letzter Halt.

»Das ko…zt mich so an!«, flucht sie. »Sorry, Kollege Lux. Für Zimmermann ist Hauke doch der Täter. Haben Sie die Nachricht von Lisa nicht erhalten?«

»Natürlich. Ich weiß, dass die verdächtigen jungen Männer, Julius von Isenberg und Christian Köhler, freigelassen wurden und die Obduktion ergeben hat, dass Hauke Bergen ertrunken ist.«

»Vorbehaltlich des Tox-Screen!«, unterbricht Gesa ihn. »Die festgestellte typische Ertrinkungslunge beweist gar nichts. Er kann vorher betäubt worden sein.«

»Dann wäre es Mord.«

»Genau.«

»Angenommen, der Brief sollte doch ein Abschiedsbrief sein. Dann kommt immer noch ein Suizid in Frage. Persönliche Umstände, die wir nicht kennen, seine Verzweiflung wegen des verlorengegangenen Leichenteils …«

»Wie stellen Sie sich das praktisch vor, Kollege Lux?«, ereifert sich Gesa. »Dass ein ausgebildeter Rettungsschwimmer wie Hauke Bergen einen Freitod durch Ertrinken wählt? Das ist so ein Blödsinn!«

»Sie haben recht, das schafft niemand, der gut schwimmen kann. Es sei denn, er hängt sich ein Gewicht um. Ich hatte früher einmal so einen Fall.«

Gesa horcht auf.

»Sie müssen mir sowieso in einem ruhigen Moment mehr über sich erzählen«, sagt sie.

Niklas sieht aus dem Autofenster.

Zum Glück wird dieser Moment nicht so schnell eintreten. Die hochgelobte Ruhe an der beschaulichen Küste scheint nur ein hartnäckiges Gerücht zu sein.

»Wie geht es Ihrer Tochter?«, fragt Niklas.

»Medizinisch ist alles in Ordnung. Morgen wird sie aus dem Krankenhaus entlassen. Wir haben gestern Abend lange telefoniert. Sie ist noch ein bisschen durcheinander.«

Gesas Handy klingelt. Sie schaltet die Freisprechanlage ein.

»Stefan! Wir sind in zehn Minuten bei euch. Was gibt es so Dringendes?«

»Wir haben Hinweise aus der Bevölkerung erhalten, dass Maik Wilke sich in unserem Revier herumtreibt. Er soll auf dem Campingplatz wohnen.«

»Den schnappen wir uns!«, ruft Gesa.

»Der Mann ist gewalttätig und fackelt nicht lange. Soll ich Kiel anrufen?«

Gesa knirscht mit den Zähnen. »Ja, bitte. Wir benötigen Verstärkung.«

»Es ist nicht unser Fall, Frau Hauptkommissarin!«, mischt sich Niklas ein.

Er erhält unverhofft Unterstützung.

»Oberkommissar Lux hat recht«, sagt Stefan. »Dass Wilkes DNA am Koffer ist, hätten wir eigentlich nicht wissen können. Die Fahndung nach ihm läuft über die Bezirksdirektion. Ich hab da nur so meine Verbindungen …«

Niklas schüttelt mit dem Kopf.

»So kommen wir nicht weiter. Holthusen hat womöglich Luise Reinhardt auf dem Gewissen. Zumindest hat er gelogen, als er mir gegenüber behauptet hat, sie nicht zu kennen. Sie war bei ihm im Haus. Wir müssen sein Anwesen durchsuchen, bevor er merkt, dass wir ihn verdächtigen.«

»Was schlagen Sie vor, Kollege Lux?« Gesas grüne Augen funkeln wütend. »Ja, ich weiß schon – Hauptkommissar Zimmermann anrufen. Verdammter Mist!«, schimpft sie.

41. Kapitel

Sven Holthusen kommt langsam wieder zu sich.

Er ist immer noch splitternackt. Eingeschnürt wie ein Rollbraten, liegt er mit dem Rücken auf dem Küchenboden in der geräumigen Wohnküche seines Ferienhauses, genau vor dem Mitteltresen mit den schicken neuen Küchengeräten.

»Hilfe!«, ruft er leise.

Er bekommt die Zähne nicht auseinander, sein Kiefer ist stark geschwollen. Die Platzwunde an seinen schmerzenden Kopf wurde mit einem Turban aus zwei

Küchenhandtüchern halbwegs fachkundig verbunden, trotzdem sickert Blut hervor.

»Na, wie fühlen Sie sich, Herr Anwalt? So hilflos ausgeliefert?«, hört er jemanden mit verzerrter Stimme sagen.

Holthusen spürt einen spitzen Tritt im Rücken und liegt nun auf der Seite.

Er kann nichts sehen. Die Augen wurden ihm mit einem schwarzen Schal verbunden.

»Wir werden uns jetzt ganz in Ruhe unterhalten, und falls Sie nicht bereit sind, auf meine Fragen zu antworten, werde ich jede Ihrer tollen Küchenmaschinen einzeln an Ihnen ausprobieren.«

Ein hämisches Lachen ist zu hören.

»Ich bin gespannt, wie sich Ihr bestes Stück in dem Mixer macht. Wie hätten Sie denn Ihren Shake gern? Mit Ei oder ohne?«

Holthusen erschrickt.

»Was wollen Sie?«, fragt er mit letzter Kraft, dann rollt sein Kopf zur Seite.

»Die Wahrheit! Arschloch!«

Eine Ladung kaltes Wasser bringt den Anwalt wieder zu Bewusstsein.

»Ich wusste nicht, dass Sie so ein Waschlappen sind«, sagt die Stimme hinter ihm.

»Was haben Sie mit Hauke Bergen angestellt?«

»Kenn ich nicht«, flüstert Holthusen.

»Aaah!«, stöhnt er, als eine heiße Pfanne auf sein nacktes Gesäß gedrückt wird.

»Das ist erst der Anfang. Nur damit Sie Bescheid wissen, dass ich es ernst meine.«

Holthusen hört, wie die Pfanne zurück auf den Herd gestellt wird.

»Ich wiederhole meine Frage: Was haben Sie mit Hauke gemacht?«

»Ich wollte ihm helfen«, behauptet Holthusen.

»Ja, das hat er mir auch erzählt. Obwohl ich ihm geraten habe, sich der Kommissarin zu offenbaren, hat er nicht auf mich gehört.«

»Das tut mir leid.«

»Was tut Ihnen leid? Bei mir war Hauke quietschlebendig. Von Ihnen ist er nicht zurückgekehrt. Am nächsten Tag war er tot. Ertrunken! Ausgerechnet Hauke. Eher gefriert eine heiße Suppe, als dass der absäuft.«

»Dafür kann ich doch nichts«, jammert Holthusen.

Plötzlich ertönt der Türgong in der Diele.

»Halt ja das Maul!«, faucht die Stimme.

Gott sei Dank, denkt Holthusen, endlich kommen die lästigen Nachbarn einmal zum richtigen Zeitpunkt. Wahrscheinlich hat der kleine Quälgeist seinen Ball wieder in meinen Pool geschossen.

Im selben Moment wird die Tür bereits geöffnet.

»Kriminalpolizei! Herr Holthusen, falls Sie anwesend sind, treten Sie bitte heraus!«

Hauptkommissarin Bähr hält triumphierend den Durchsuchungsbeschluss hoch.

Die Bezirksdirektion hat sie wieder eingesetzt, da Gesas Tochter, seitdem ihr Freund nicht mehr als verdächtig gilt, auch nicht mehr in den Fall verwickelt ist. Oberkommissar Lux hat Gesa auf dieses Argument gebracht und ihr Rivale Zimmermann hat erstaunlicherweise sofort zugestimmt. Kollege Voß äußerte den Verdacht, dass Hauptkommissar Zimmermann keine Lust auf weitere Ermittlungen hat, weil er seinen heutigen Fernsehauftritt im Regionalprogramm nicht verschieben wollte.

»Es kann losgehen! Stellt alles auf den Kopf!«, ruft Gesa und läuft durch die Diele. Als sie in die offene

Küche blickt, verschlägt es ihr fast die Sprache.

»Marion! Was tust du hier?«, ruft sie.

Obwohl Haukes Freundin eine schwarze Sturmhaube trägt, hat Gesa die Köchin aus der Strandperle sofort an der Statur und vor allem an den auffälligen bunten Wadentattoos erkannt.

»Der hat meinen Hauke auf dem Gewissen!«, schluchzt Marion und zeigt auf den gefesselten, nackten Holthusen.

Oberkommissar Lux kommt hinzu.

Er nimmt Holthusen die Augenbinde ab und stellt sich vor ihn.

»Sven Holthusen, ich nehme Sie wegen dringenden Mordverdachts an Luise Reinhardt fest.«

Dann belehrt er den verdutzten Anwalt über dessen Rechte.

»Das muss ein Irrtum sein!«, protestiert Holthusen mit schwacher Stimme. »Ich bin hier das Opfer! Die Verrückte hat mich niedergeschlagen, gekidnappt und gefoltert.«

Gesa entdeckt die Brandblasen am Hinterteil Holthusens.

Marion zeigt schuldbewusst auf die glühende Herdplatte und die danebenstehende Pfanne.

»Er hat es nicht anders verdient«, sagt sie leise.

Gesa und Niklas wechseln Blicke.

Sie denken beide dasselbe.

»Komm, Marion«, sagt Gesa, »ich muss dich mitnehmen. Aber ich verspreche dir, wir werden herausfinden, ob Sven Holthusen Schuld an Haukes Tod hat.«

Eine Woche später

42. Kapitel

»Haukes Leichnam wurde endlich zur Beisetzung freigegeben.« Gesa ist sofort nach vorn in das Gemeinschaftsbüro gelaufen, um den anderen die Neuigkeit mitzuteilen.

»Helft ihr mir bei den Vorbereitungen für die Beerdigung? Hauke hat doch außer Marion niemanden, und die schafft das nicht allein.«

Lisa und Stefan stimmen sofort zu. Lasse ist zu einem Einsatz mit der Schutzpolizei unterwegs.

»Selbstverständlich helfe ich auch«, antwortet Niklas. »Aber wie kann es sein, dass jemand unter den hiesigen Bewohnern so ganz ohne Verwandtschaft ist? Das ist wirklich außergewöhnlich.«

Gesa geht ein paar Schritte zum Fenster.

»Der Hauke ist ein Waisenkind«, sagt sie leise. »Zuerst war er in dem Kinderheim am Leuchtturm untergebracht. Das existiert schon seit zwanzig Jahren nicht mehr. Ein inzwischen verstorbenes, älteres Ehepaar aus Laboe hat Hauke später zu sich genommen. In dieser Zeit haben wir gemeinsam die Schulbank gedrückt. Hauke war regelmäßig zum Essen bei uns. Unsere Apotheke hatte über Mittag geschlossen, dann haben meine Eltern immer mit uns gemeinsam gegessen.«

Ach so, denkt Niklas.

Er versteht jetzt besser, warum die Hauptkommissarin den verdächtigen Hauke Bergen so vehement verteidigt hat.

In Gesas grünen Augen zeigt sich ein Tränenschimmer.

»Ich mache mir Vorwürfe, dass ich Haukes Tod nicht verhindert habe.«

»Wie sollte das jemand ahnen? Dass der Holthusen ihn betäubt und dann eiskalt ertränkt!«, ruft Lisa erbost. »Er ist ein bekannter Anwalt, ein Mann des Gesetzes, an den sich Hauke im Vertrauen gewandt hat. Unglaublich!«

Stefan stimmt ihr zu: »Das hätte ich mir auch nicht

vorstellen können. Doch die Statistik beweist, dass das Verbrechen keine Unterschiede bei Herkunft oder Beruf macht. Auch unter den Anwälten finden sich skrupellose Menschen.«

»Ohne den schnellen Fahndungserfolg bei der Suche nach Maik Wilke, der die Drecksarbeit für den Doppelmörder erledigt hat, hätte sich dieser aalglatte Anwalt wahrscheinlich wieder aus dem Netz der Gerechtigkeit gewunden«, meint Oberkommissar Lux.

Gesa nickt.

»Der Holthusen war wirklich ein harter Brocken«, sagt sie. »In den Vernehmungen hat er immer nur so viel preisgegeben, wie er musste. Erst nach dem Geständnis von Maik Wilke ist er gesprächig geworden und hat alles zugegeben: die Tötung von Luise Reinhardt, die dem eitlen Lebemann nicht so zu Willen war, wie er es sich erhofft hatte, und dass er die Hilflosigkeit Haukes ausgenutzt hat, um ihm den Mord unterzuschieben.«

Lisa meldet sich hinter ihrem Monitor.

»Die Kripo Düsseldorf hat eine E-Mail geschickt. Sie haben die Familie von Luise Reinhardt endlich ausfindig gemacht und benötigen Unterlagen von uns. Die

Eltern der jungen Frau sind nach Gran Canaria ausgewandert, deshalb hat die Suche so lange gedauert.«

Lisas Worte erwischen Gesa wie ein eiskalter Schauer.

Den Angehörigen die Todesnachricht zu überbringen, ist das Schlimmste in ihrem Beruf.

Sie muss an ihre Tochter Svenja denken und daran, welche Ängste sie in diesem Fall persönlich durchlebt hat. Zum Glück hat sich ihr Kind von dem drogendealenden Studenten Christian getrennt. Er und sein Freund Julian von Isenberg werden in einem anderen Verfahren zur Verantwortung gezogen. Julians Onkel, Niels von Isenberg, versucht seit Tagen Gesa telefonisch zu erreichen. Er möchte sich ihr erklären, hat er ihr in einer E-Mail geschrieben.

Aber Gesa will erst Abstand gewinnen.

Niklas spürt die Betroffenheit seiner Chefin und sieht sie mitfühlend an.

»Dann findet die Arme endlich ihre letzte Ruhe«, tröstet er Gesa. »Henrike Peters erzählte mir von Luises Traum, an der See neu anzufangen. Es ist so tragisch, dass er sich nicht erfüllt hat und sie stattdessen auf ihren Mörder getroffen ist.«

»Gott sei Dank wurde Luises abgetrennter Fuß wiedergefunden. Es wäre ja sonst noch schrecklicher für die Hinterbliebenen«, wirft Stefan ein. Er hat die Suche und den Tauchereinsatz persönlich geleitet und ist zu Recht stolz auf den Erfolg.

Gesa öffnet jetzt einen der Fensterflügel. Sie benötigt dringend frische Luft.

»Hauke hat in seinem Brief nicht gelogen«, sagt sie. »Ich habe es ja gleich gewusst, dass er eine ehrliche Haut war. Der Fuß wies Spuren der Dredge auf, er war also schon einmal herausgefischt worden. Hätte er sein Missgeschick nur zugegeben, dieser Dummkopf!«

Gesa lehnt sich weit aus dem Fenster und hält inne.

Sie braucht das jetzt. Im Büro ist die Atmosphäre zu sehr mit Trauer aufgeladen. Draußen vor der Polizeistation sieht Gesa, dass Lasse und zwei Beamte der Schutzpolizei von ihrem Einsatz zurückkehren.

»Lasse kommt!«, ruft sie. »Er hat uns doch eine Überraschung angekündigt. Ich bin gespannt, was das sein soll.«

43. Kapitel

Lasse sitzt vor dem Computer hinter dem Empfangstresen und sucht nach einer stabilen Internetverbindung.

»Gleich ist es so weit!«, sagt er und sein Gesicht glüht vor Aufregung. Die roten Haare kleben verschwitzt an seinem Kopf. Der Außendienst war anstrengend.

»Ich finde, es zieht hier ein wenig«, meint Gesa, die hinter ihm steht. »Scheint eine steife Brise zu geben.«

Ein starker Luftzug fegt durch den Raum. Die Gardine flattert gegen den Ficus auf dem Fensterbrett und reduziert den ohnehin schon kargen Blattbestand der Zimmerpflanze noch einmal beträchtlich.

Niklas läuft zum Fenster, um es zu schließen. Er schaut hinaus und atmet tief durch.

Es pikt ein bisschen in seinem Gesicht. Der Wind ist scharf und er kann das Salz in der Luft schmecken. Trotzdem überkommt ihn eine große innere Ruhe.

Seine Wirtin Trude hat recht. »Zu Hause ist, wo der Anker fällt.«

Das hat sie gestern Abend zu ihm gesagt, als sie Niklas von ihrem Leben berichtet hat. Sie ist auch nicht an der See, sondern vor dem Krieg mitten in Ostpreußen geboren worden. Erst durch ihren Mann Kurt ist sie später nach Laboe an die Ostseeküste gelangt und hat hier ihre Heimat gefunden.

»Herr Oberkommissar!«, drängelt Gesa und sammelt ein paar heruntergewehte Papierstücke vom Boden auf.

»Sie wollten das Fenster schließen und nicht weiter aufreißen!«

Niklas schreckt aus seinen Gedanken hoch.

»Oh, Entschuldigung!«

Sein Blick schweift schnell noch einmal über die Blumenrabatten und dann zu dem Fahrradständer, der sich seitlich vom Weg befindet. Niklas erblasst.

»Mein Rennrad ist weg!«, ruft er. »Das gibt's doch nicht!«

Eine Kanonade von Schimpfwörtern folgt. Lisa und Stefan sehen sich verwundert an.

Der Neue kann auch anders.

Hauptkommissarin Bähr versucht, ihn zu beruhigen.

Sie weiß, wenn es um sein Fahrrad geht, kann der sonst so beherrschte Oberkommissar schnell aus der Haut fahren.

Lasse, der gerade konzentriert eine Reihe von Passwörtern eingibt, hat den Tumult nur beiläufig wahrgenommen. Er wundert sich darüber, dass alle zum offenen Fenster laufen.

»Fahrrad gestohlen …«, hört er im Hintergrund.

»Ach so!«, fällt es ihm siedend heiß ein. »Oberkommissar Lux, die Kollegen von der Schutzpolizei haben sich Ihr Rennrad geliehen, um einen lange gesuchten Fahrraddieb zu verfolgen. Sie bringen es sicher gleich zurück.«

»Ich hatte es angeschlossen«, knurrt Niklas mit zusammengepressten Zähnen.

Lasses Gesichtsfarbe gleicht nun der seiner Haare.

Feuerrot.

»Entschuldigung, dass ich nicht Bescheid gesagt habe. Sie waren heute Morgen bei der Chefin zum Gespräch. Die Tür war verschlossen. Es ging alles so schnell mit dem Einsatz und da habe ich Ihren Schlüssel vom Brett mit unseren Gemeinschaftsschlüsseln genommen. Sie haben doch selbst gesagt, ich soll mir merken, dass Sie dort einen Ersatz hinhängen, weil Sie Ihren eigenen oft irgendwo liegenlassen. Sorry, Herr Oberkommissar, das waren Ihre Worte.«

Gesa kann sich das Lachen nicht verkneifen.

»Ich finde, es steht unentschieden«, jubelt Stefan, den die Geschichte mächtig amüsiert. Was hat der Neue alles gebrüllt? Einige Schimpfwörter kannte Stefan noch gar nicht.

Ist ja doch einer aus Fleisch und Blut.

Lisa ist inzwischen in die Küche gelaufen und hat Kaffee gekocht. Sie kommt mit der Kanne zurück.

»Danke, Lisa«, sagt Gesa, »den können wir jetzt gut gebrauchen. Wer will Kaffee? Hoch die Tassen! Nun wollen wir endlich Lasses Überraschung sehen. Oder war es die Geschichte eben?«

Hauptkommissarin Bähr lacht und stupst Lasse freundschaftlich in die Seite.

»Natürlich nicht!«, sagt Lasse. Er hat seine Unbekümmertheit wiedergefunden und prostet sich mit Niklas zu.

»Früher gabs mal Sekt nach einer erfolgreichen Mordaufklärung!«, mault Stefan.

Wahrscheinlich liegt es daran, dass die Chefin selbst

keine sprudeligen Getränke mag, denkt er und hebt seinen Kaffeebecher hoch: »Na dann, zum Wohl!«

Alle haben sich hinter Lasse versammelt und starren gebannt auf den Monitor.

Die Grafik eines Leuchtturms erscheint – das Logo des regionalen dritten Programms.

Dann knistert es kurz. Schwarzweiße Streifen flackern über den Bildschirm. Lasse tippt verzweifelt ein paar weitere Kurzbefehle ein.

Endlich ein Bild!

Gesa glaubt ihren Augen nicht zu trauen: Hauptkommissar Zimmermann steht vor dem Gebäude der Bezirkskriminaldirektion. Er befindet sich mitten im Interview mit einer Reporterin vom Nordfunk.

Plötzlich rauscht und knackt es – der Ton ist zu hören.

»Unser großartiger Erfolg …«, dröhnen die Worte von Zimmermann durch das Büro.

Lasse dreht schnell den Lautsprecher am Monitor leiser.

»… unter meiner Führung konnte das Team einen Doppelmörder zur Strecke bringen …«

Gesa schluckt.

Am liebsten würde sie jetzt den Stecker herausziehen.

Aber genau wie Niklas, Lisa, Stefan und Lasse hört sie dem Lobgesang von Hauptkommissar Zimmermann tapfer bis zum Ende zu. Ganz nebenbei erwähnt der auch einmal die Außenstelle der Kripo in der Polizeistation Laboe und die gute Zusammenarbeit.

»Herr Lux!«, durchbricht Gesa die Stille nach dem Interview. »Darf ich mir ein paar von Ihren Schimpfwörtern ausleihen?«

»Sehr gern, Frau Hauptkommissarin. Ich füge gleich noch einige neue hinzu.«

»Ach, ich hab eine bessere Idee!«, ruft Gesa und ein breites Grinsen zieht über ihr Gesicht.

»Feierabend! Stefan, holen Sie mal den Sekt aus dem Kühlschrank! Jetzt feiern wir unseren Erfolg so richtig.«

Liebe Leserinnen und Leser,

vielen Dank, *dass ich Ihnen vergnügliche und spannende Lesestunden bereiten darf.*

Ohne Sie wäre ein Buch doch wie ein führerloses Schiff.
Erst durch Ihr Lesen nimmt es Fahrt auf, strahlt im Sonnenlicht, umschifft gefährliche Klippen und erreicht sein Ziel – weitere Leserinnen und Leser.

Damit dies gelingt, benötige ich die Unterstützung meiner Familie, meiner Freunde und natürlich aller, die an dem Buch professionell mitarbeiten oder mich fachlich beraten.
Lieben Dank dafür an alle Beteiligten!

Liebes Lesepublikum,
wenn Ihnen ***„Totschöne Ostsee“*** *gefallen hat, freue ich mich sehr über eine Bewertung bei Amazon und danke Ihnen herzlich, dass Sie sich die Zeit nehmen.*

Lust auf mehr?
*Die **Ostseekommissare Lux und Bähr** ermitteln weiter und haben gemeinsam noch viel vor. **Die nächsten spannenden Fälle folgen umgehend.***

*Wenn Sie **A.Collin** auf Amazon folgen, werden Sie sofort über jede Neuerscheinung informiert.*

Oder Sie schreiben mir unter der E-Mail:
A.Collin@online17.de

Viele Grüße
aus dem Norden
von Ihrer Autorin A.Collin

P.S.
Wer gern mehr über das Vorleben von Oberkommissar Niklas Lux erfahren möchte, dem empfehle ich die spannenden Krimis aus der Reihe „Ein Fall für den Maler“.
Alle sechs sind bei Amazon als E-Book und Taschenbuch erhältlich und auf der A.Collin Autorenseite zu finden.

JAVY«

IMPRESSUM

Totschöne Ostsee
Erster Fall für Lux und Bähr
Küstenkrimi

Asja Collin c/o Medienzentrum
Hamburg Rondenbarg 8 /22525 Hamburg
info@javy-verlag.de
Lektorat, Satz, Umschlag: JAVY Verlag
Korrektorat: www.contexta.de
Bildquellen: pixabay.com

Druck: Amazon Distribution GmbH
Amazonstraße 1, 04347 Leipzig

ISBN: 978-3-948820-31-2

Printed in Poland
by Amazon Fulfillment
Poland Sp. z o.o., Wrocław

35008830R00131